体験記

統合失調症は怖くない！

木村しげのり

プロローグ

私は現在、統合失調症という病にかかり、デイケアという、医院に併設されたリハビリルームに時々通っています。

この本は、自叙伝、デイケア日記、エッセイの三部作となっています。

読者の皆さんの心に想いが届きますように。また、同様の患者さんに勇気と希望を与え、心強いメッセージになれば幸いです。

目次

三月二六日（木）
三月二七日（金）
四月六日（月）
四月七日（火）
四月八日（水）
四月九日（木）
四月一〇日（金）
四月一三日（月）
四月一四日（火）
四月一五日（水）
四月一六日（木）
四月一七日（金）

理想の女性
結婚観
婚期
性格
死後の世界
欲
パソコン
音楽
ファッション&コーディネイト
デザイン
長続きしない
趣味
一人旅
タバコ
行動範囲

自叙伝

一九六〇年一〇月一六日、私は埼玉県O市に木村家の長男として、未熟児一歩手前でこの世に生を受けた。名は〝重典《しげのり》〟、重々しい人になってほしいとの父の願いを込めて命名されたが、あまり好きな名前ではなかった。

難産で人工分娩だった。生まれた時、産ぶ声を上げなかった。尻を叩いたら泣き出したそうだ。その時の天候は、雲ひとつない真っ青に澄み切った秋晴れの空だったと母は言う。

幼少期は活発でやんちゃだった。

幼稚園に入園する頃には、隣町のA市に移り住んでいた。

幼稚園はミッション・スクールで、日曜日には礼拝があり自由参加となっていたが、面倒で一度も礼拝に行ったことはなかった。

教室は〝つくし組〟で、綺麗なO先生を慕っていた。先生が突然結婚すると聞き「先生、行かないで！」と泣いてすがったこともあった。

小学校は幼稚園の近くにある市立に通った。

小学二年の頃、図画で金賞を取り、校庭でいきなり全学年の前で表彰された。足が震えた。

小学四年の頃、とんでもないいたずらをしてしまった。

その日、体調を崩し体育の授業を欠席した私は、教室にひとり残され（何故見学せず、ひとり教室に残されたのかは覚えていない）する事がないので、いつもイジメを受けていたＩ君に仕返しをしてやろうと、周囲の友達の文具用品などをＩ君のランドセルや机に入れ、Ｉ君の物を周囲の友達の机の中に入れたり巻き散らして、ぐちゃぐちゃにしてやった。

授業が終わり、教室に帰ってきた一番乗りの女子が突然「泥棒だぁー！」と叫び入ってきた。その事が担任の先生に知れ、自分がやったとすぐ言えば良いものを言えず、増々事が大きくなり、学年中大騒ぎになってしまった。

今思うに、その女子が教室に入るなり何故泥棒だと思ったのかは定かではない。

そして先生に保健室に連れて行かれ事情を聞かれ、それでも事の重大さに怖くなり、自分がやったとは言えず、作り話をしてしまい、最後の最後に白状した。

とても苦しくて辛い思い出だった。

中学時代、近くの市立に通っていた。

一年の頃、痛烈なイジメに遭った。

イスに座る時、後ろから画鋲を置かれたり、授業中、席の後ろから背中を何度もコブシでどつかれたり、Ｈ・Ｏ・Ｓがグルになり、寄って集《たか》って私の股間をつかみ潰そうとしたり、Ｈに辱《はずかし》めを受けるような言葉を黒板にデカデカと書かれたり、この頃が一番思春期の自分にとって辛かった。

この事は深く傷つき、四五年経った今でも恨み憎しみはしこりとなって消えていない。

しかし、二年、三年になるに連れ、イジメは次第に薄らいでいった。

一年の頃、一人の親友と一人の彼女に不思議と恵まれ、親友とは会社に勤務する頃まで交流があり、彼女とは高校卒業する頃まで文通を続けた。

高校の入試の時期を迎えた。

滑り止めの私立B高校と本命の県立W高校の二校に絞り受験に挑んだ。

受験後、学校へ、私立B高校は無事合格との一報が入った。しかし受かって当然と思っていたので、さして嬉しくもなかった。

本命の県立W高校は合格発表の日、直にその高校まで受験した三人で確かめに行くことになった。途中、駅の売店で県立高校合格者一覧の新聞を皆で買い、W高校の合格者名簿を食い入るように見ていくと、受験した三人のうちひとりの名前が載っていたが、残念ながら、私ともう一人の名前はそこには無かった。不合格だった。初めての挫折だった。

やむなく滑り止めの私立B高校への進学が決まった。

その私立B高校は学力クラス編成となっており、A組からI組までの九クラスに分かれ、私はトップクラスのI組へ入ることができた。男子のみのクラスで、そこでは前期のクラス委員を務めた。

高校一年も押し迫った頃、私は以前から通いたかった県立W高校に未練があり忘れられず、再度受験しようと思い立ち、今の私立B高校を自主退学し受験勉強に励んだ。

今から思えば、何も退学せず試験日だけ休めば良かったのだが、当時は必死だった。

中学三年当時の担任だったT先生も後押ししてくれ、いくつか模擬テストも受け、太鼓判を押され、万全の態勢で試験に臨んだ。が、結果はまたしても不合格。

今度は滑り止めもなく一本でいったため途方に暮れていると、T先生から二次募集制度があることを知らされ、ワラにもすがる思いで倍率の低い新設校に応募、運よく合格となり、今後青春時代の多くを過ごすことになる県立

O高校への入学が決まった。

その頃、私は親の関係でA市から再びO市に移り住んでいた。

県立O高校では一年時クラス委員を務め、生徒会の執行部にも在籍した。

高校一年の全校での実力テストでは、断トツの学年一位となった。意外で、まさか自分が一位になるなんて夢にも思わなかった。

文化祭では、〝裸の王様〟の劇の台本から演出、自らキャスト（悪徳商人役）まで幅広く手掛けた。

ある日、学校の一階の外の渡り廊下を歩いていると、三階の一年生の教室の窓越しから半身を乗り出した女子生徒達の「木村先輩〜！」という黄色い声が聞こえ、とても嬉しかったことを覚えている。

恋もした。だが実らなかった。男子には超人気の倍率の高い難関女子だった。しかしその情熱からか「貴方ほど、私の事を想ってくれる人はいないのかもしれない」と、のちに一度だけデートしてくれた事があったが、それ以上の進展はなかった。

平和で楽しかった高校時代も、そろそろ進路を決める時期を迎えた。私は元々理科系が好きだったが先が見えず、デザイン関係にも進みたいと漠然と思っていた。

技術職が良いとの父の助言もあり、大学は理科系へ進むことにした。しかし、高校へ入る頃が学力のピークで、次第にその能力は低下していった。

大学は私立のみ六校受けた。だが一校を除き全て不合格。その一校が中央大学理工学部電気工学科のⅡ部だった。入試科目は、英語、数学、物理。試験は、八王子キャンパスまで受けに行った。現役で定員四〇名の狭き門ではあったが、Ⅱ部というコンプレックスを後々背負うことになる。

家での教育方針は放任主義で、何も勉強のことは言われなかった。というより、親は子供にあまり関心がなかったという方が正しいかもしれない。

それが良かったのか、自由に伸々と高校生活を送ることができたが、頭の片隅に、大学だけは出てやろうという想いがあった。

当時、学校の授業に追われ、受験勉強どころではなかったので、そのまま〝ところてん方式〟で受験へと流れ出ていってしまった。

その結果、中央大学のⅡ部にのみ合格が決まり大学生活へ入ることになるが、そこで一年休学でもして、もっと上の大学を目指そうということが何故思いつかなかったか悔やまれる。Ⅱ部という大学を蹴って、浪人してもっと上の大学を目指すのも一つの方法だったかもしれないが、当時はそれでもいいと思い入学を決意してしまった。転部もできたが、自分の中でそれは許せなかった。

大学へ入ってからは遊び放題で、勉強も疎《おろそ》かにしてしまっていた。

今から思えば、しっかり理系の国立大学でも目指して勉強すれば良かったと思ったが、後の祭りだった。

大学一年の時、アルバイトとやらを初めて体験した。大手建設会社の技術研究所で、約一年間実験補佐をした。そのためか、大学は疲れて休むこともしばしば。仕事と勉強の両立ならず、結局単位を落としてしまい、一年留年を余儀なくされた。

大学二年頃になって、私は西武池袋線のひばりヶ丘駅から徒歩数分の所の下宿で生活を始めた（理工学部は文京区春日にあった）。六畳一間のトイレ共同、風呂は銭湯通いだ。

私はその頃から全国を旅するようになった。北は北海道、礼文島。南は沖縄、与論島まで。宿はユース・ホステルを利用した。

旅の途中、北海道の白老《しらおい》という町のユースで一目惚れの恋に落ちてしまった。

彼女とは東京に戻って来てから何度か交際した。

その後、私は大手メーカのＴ社の子会社に就職が決まり、彼女は馬に関わる仕事がしたいと、あるファームへ行ってしまい会うことができず、結局、彼女とは自然消滅してしまった。

そういえば、中学高校時代に文通をしていたMちゃんはどうしているだろうとふと思い、久しぶりに連絡を取ってみたところ、既に結婚相手が決まっているとのこと。

一歩踏み出せず、彼女のことは諦めた。


その日、大学の就職担当の教授を訪ねた私は部屋に入り、教授から堆《うずたか》く積まれた企業のパンフレットを見せられ、その中から気に入った会社を選んだらそこを紹介するからと言われ、私が選んだ会社は、大手メーカのT社の子会社で、ハードウェアハウスのTC社だった。

教授から直接電話でその会社に連絡してもらい、後日面接の日取りが決まり、当日面接を受けた。T社のO工場の中にその会社はあり、T社の役員とも面接をした。

あとから、友人からその会社に採用が決まったことを電話で知り、有頂天になっていた。

就職の時期を迎え、私はひばりヶ丘からT社のO工場にある子会社へ通う為、東京都O市に越すことになった。

そこでは、オフィスプロセッサのシステムハード設計を手掛けたが、勤め始めて二年四か月、自分の中でどうも違和感があり、複雑な思いで会社を辞めてしまった。

ある日のこと、私を含めた新入社員がT社の部長に呼び出され、一人ひとり質問に答えていたところ、私の番になると、あらぬことか飛ばされたことを覚えている。無礼で、屈辱、人権を無視されたと思った。このことも会社を辞める原因になっていたのかもしれない。

それから、いつも頭の片隅にあったデザイナーやコピーライターになろうかと幾つかの会社を当たったが、今一歩踏み込めず、せっかくなったエンジニアも捨て切れず、同業のこれまた大手メーカのH社の子会社に転職をした。

この会社で、就職して初めての〝イジメ〟に遭う。イジメさえなければ長く勤めたかったが、環境の悪い所では仕事は勤まらないと思い、サッサと辞めた。在籍期間はたったの四か月だった。

次に入社した会社は、以前勤めていた場所と同じ、東京都O市内にある大手メーカC社の子会社で、電子部品の設計を手掛けた。そこで腰痛（椎間板ヘルニア）を患い、会社を休みがちになり、その会社でもイジメがあり、居辛くなって辞めてしまった。二年三か月だった。

そのイジメについてはあとで述べる。

病を発症したのは、平成元年四月、某TV局の深夜番組オールナイトFを自分の部屋で一人で観ていた時、「あれっ、見られてる！」TVの芸能人に自分の事が見られているとすぐ察した。それが全ての始まり、キッカケだった。

「自分が遠隔から知られている！」「プライバシーが公《おおやけ》になっている！」

それからというもの、ＴＶを観るのが怖くなった。どの局でも時々ＴＶの向こうにいる芸能人と目が合うような気がしたり、チャンネルを合わせると芸能人がこっちに振り向いたり、〝濡れぎぬ〟と書かれた紙をＴＶ画面から私に向けて見せつけてきたり……。

そういえばＴＶで、自分の事が取り上げられているのではと思えることが以前あった。

私が直接ＴＶ画面を観ていない時、ＣＭのようだが音声で「あとひとり！あとひとり！」という言葉を耳にした。何が〝あとひとり〟なんだ？

音楽ビデオを一人で観て（聴いて）いた時、その音楽のリズム（テンポ）が段々遅くなって、木魚をたたく音のようにポクポクと鳴り出したり、不思議な事は続く。

平成元年五月、私は親と一緒にJ大学病院の精神科に初めてかかった。

病名は〝統合失調症〟だった。

当時二七才、これからという時に、私は仕事も、友人も、恋愛も、結婚も、全てを失うこととなる。

今になって思うことは、T社時代の生活態度が悪かったのかなぁと。TVを観てバカ笑いしたり、ちょっと世の中を舐めていたこともあったからかなぁと。人として間違っていたかなぁと思った。

C社に入ってからも〝高度なイジメ〟があった。

数メートル先に、私に見えるように大きな文字で〝きらい〟と書かれたボール紙を持った女子社員が立っていたり。

ある女子社員とテニスをしているイメージを頭に浮かべると、斜向《はす》かいの机の男子社員が「チクショー」と突然つぶやいたり。

女子社員に可愛い娘《こ》がいると、頭の中で自宅にその娘がいるようなイメージを思い浮かべると「噂《うわさ》になっちゃう！」と突然声を出して言われたり（決して面と向かってではない）することがあった。

自分しか知らない事を、何故ここの社員は知っているのだろうと思う出来事もあった。

話は会社から離れるが、街を歩いていてもベビーカーを引いているおばさんに対して、その子供を小突くイメージを頭に浮かべると、そのおばさんが騒ぎ出したり。

向こうから自転車に乗ったおばさんが、こちらの自転車とすれ違いざまに「グルッ！」と言い放って去って行ったり。

そういえば学生時代、友人と西武球場へ行く途中、学生風の男の人に「あっ、木村だ！」と言われたり、H社の子会社に就職した頃、見ず知らずの男の人にすれ違いざま「しあわせ君だ！」と言われたり、何で私のことを知っているのだろうと思った。

ある日、家族でお寺へ法事に行った時、面白いイメージを頭の中でそっと出すと、その境内の遠くから聞こえてくるＴＶの笑い声と同調したり、親と会食をしにレストランへ行った時も、試しに面白いイメージを出してみると、そこに来ている客が笑ったり。

偶然ではない。全て波長が合ってしまったというか、同調してしまった。気持ち悪くて一時期外へも出られなかった。

三三才の時、女の子とのリレーションが頻繁になった頃から、今度はＣＤラジカセの音声にダブるように「始まったー!」という〝声〟が聞こえてくるようになった。

よくよく聞いてみると、どうやらこの世の中には、精神世界の人間と物質世界の人間の二種類がいるらしいということ。表と裏があり、表が氷山の一角だとすると、裏の世界はとてつもなく奥深いということ。その声の主とは、ちびっこ達からオヤジ達まで様々で、姿・形のない精神世界の住人であるということ（エネルギー体じゃないかな？）。そして私は物質世界の人間であるということを知らされた。

また、精神世界にも二種類あって、肉体を持つ世界と持たない世界があるようだ。

ところで「声はどうですか？」と病院で聞かれた時、何を言っているのだろうと思っていたが、このことだったのだなとその時やっと分かった。ということは、医者はすでに私の症状が分かっていたことになる。ということは、私とは違う世界の人間だということか？　自分ひとりが物質世界の人間なのだろうか？　なんだか寂しい。

父親に「免疫ができてない」と言われたことがある。このことだったのかということは、父も精神世界の住人だったのだろうか。

それ以来、電車に乗っていても、飛行機に乗っていても、電話の受話器や、鍋のフッフツ茹《ゆ》だる音からも、所構わず騒ぐ声が聞こえてくるようになった。しかし、耳を塞《ふさ》ぐと聞こえなくなる。つまり、その声は音波として伝わっているということだ。

これが幻聴の始まりだった。

幻聴、精神世界からの声とは次のようなものだ。

「イジメてるんだ。恨みがある。結婚できない。どうすることもできない。誘拐殺人犯人のクズだ」

あとは卑猥《ひわい》な言葉などだ。

決して対話にはならない。対話になれば声の主、精神世界の連中が何を考えているのか私に知られてしまう為だろう。なので、こちらがこういう事を言いたいのではと心の中で喋《しゃべ》ると、それがオウム返しに聞こえてくるだけのことなのだ。精神世界の意にそぐわないことは、オウム返しで聞こえてはこないので、だいたい言いたいことは分かるのだ。辛いのは、心の中で喋り出すと止まらなくなることだ。また、周りの人に自分の頭の中で喋っていることが知られているのではないかと思うと、とても辛いのだ。

とにかく、自分を内面・内側から知られているということ。何を見て、何を聴いて、何を書いて、人と何を喋って、どう感じているか、何をイメージして、意識がどこにあるかなど、寝て見る夢まで知られているようだ。

良く言えば見守られている。悪く言えば監視されているといったところだろうか。

頭の中を盗み読みされてまた笑われるのではと、内心ビクビク怯《おび》えている自分がいる。

これが他者で言うところの被害妄想である。

ある日、夜中の一時頃、「木村、開けろ！」ドンドンドン……とすさまじい音でドアを叩く音が続いた。怖くなり、警察を呼んだ。私の頭の中を盗み読みした精神世界の連中が、憎んで来たのであろう。人の頭の中を盗み読みするなんてとんでもないと思った。もちろんこちらからは相手の頭の中など知ることはできない。一方通行で心が読まれている。変なやつらだ。

こういう事もあった。

猫の引っかき傷のように腕にスーッと縦に傷がつけられていたり、夜寝ていると首の後ろの神経がパシッと電気を帯びたようになったり、足目掛けて何か球体の物がぶつかってくるような感覚になったり。

ある時、風呂から上がってラジオを聴こうと、CDラジカセのスイッチを入れるがONにならず、よくよく見るとCDラジカセ側のプラグがコンセントから抜けていたり、フライパンの上ぶたを開けると中に味噌汁を入れるお椀が入っていたりと、不思議なことは続く。

唯一救われるのは、心の中で歌を唄うと精神世界の連中も一緒になって歌を唄うということだ。統合失調症は決して怖くない病なんだとその時思った。

「なーんまーんだーぶ、なーんまーんだーぶ」とお経を唱えるちびっこ達の声も聞こえてくる。

一体この様な一連の不思議な現象は何を意味するのか。

〝不思議大好き〟というコピーの垂れ幕が西武百貨店で出されたが、あれは私に対して言ったことなのではと思えてならない。

何が何だか分からない。深く考えてしまうとノイローゼになりそうだ。要は、私の精神活動を邪魔して雑念を入れられているだけなのか。戸惑ってしまう。何が真実なのか分からなくなった。

大勢の人々がいる中で、何故私だけがこのような目に遭うのか。物質世界の人間だからといえば、それは差別だ。

そういえば、昔から人に見下されることが多かった。学生時代友人から「ケッ、物質世界が……」と言われたようなことを思い出した。何を言っているのだろうとその当時はさして気にも留めていなかった。

「タダメシを食ってる！」とT社の子会社のS部長にも言われた。何を言ってるんだとその時は思ったが、のちに私は生活保護を受けている。「空白な部分がある」とも言われ、のちに私は胆石摘出手術を受けており、その間の記憶がない。

先（未来）を予見できるのか？

そういえば高校生の時、体育の授業が終わり、皆でぞろぞろ校庭から教室へ移動している時、向こうで生徒達が「あっ、精神科に行った」という声を耳にした。何を言っているんだろうと思っていたが、のちに私はＪ大学病院の精神科にかかっている。何を意味するのか。「未来人か、お前らは？！」と言いたくなる。

また、予知夢を見ることがある。

学生の時に友人とドライブをした時、ちょっと休憩と立ち寄った公園が、先日夢で見た公園そっくりだったことや、ある海岸へドライブした時立ち寄った店も夢で見たことがある、しかも同じ立ち位置で見ている光景だったり。

アニメ〝天空の城ラピュタ〟に出てくるワンシーン、〝千と千尋の神隠し〟でのワンシーン、夢で見たことあると思ったこともしばしば。

また、自分がマインド・コントロールされているのではと深読みしてしまうこともある。

電車に乗っていても「人騒がせだ」とか「お互い面が割れている」とか言う乗客の声を耳にしたことがある。自分自身でその声を拾っている訳だが。

人込みが苦手。昔はそうでもなかった。常に人の声が気になり、あっちに聞き耳を立ててみたり、こっちに聞き耳を立ててみたり、自分との関係を考えてしまう悪い習性だ。

学生の頃、目に見えない世界があるかもしれないと漠然と推論を立てていたが、実際現実のものとなり（精神世界があることが分かり）、それが正しかったことが身をもって実証された。今度は、精神世界と物質世界以外に第三世界はないものかと、仮説を立て解明してみたくなった。

これだけ言われている（幻聴がうるさい）ということは、前世で何か問題を起こしたのではないか、それで輪廻転生で物質世界として生まれ変わらせられ、頭の中を周囲の精神世界の連中に監視させられていたのではないかと思ってしまう。いつまでたっても結婚できないのは、物質世界に対する差別からではないか。全ては人為的だからかもしれない。

私は宇宙に興味があり、宇宙に飛び出してもっと宇宙を知りたいと思っている。ＵＦＯにでも乗ってね。

生まれる前は、どこか他の星にいたのではないか、輪廻転生でこの地球上に生ませられたのではないかとも思う。私の星はいったいどこにあるのだろう。自分の世界に近い人（同じ星に生まれた人）に出会いたい。ここにいたのでは一生出会えないかもと思う。都心を目指したい。

宇宙人って現世にいるのだろうか？　友達になって彼らの社会を知りたい。政治や文化、法や秩序はあるのだろうか？　コミュニティーはあるのだろうか？

こんな辛い目に遭っていても、遠くからじっと私の事を見つめ、愛してくれている人達がきっといるはずだと信じている。私の〝足長おじさん〟、どこにいるのだろう。

様々な周りを取り巻く環境の中、様々な事象が起こることで、自分の人格が検査されているのではないかと思うことがある。

何故自分だけがイジメられるのか理由が分からない。

「専門用語で〝耳〟だ」とか。つまり、目は節穴だということ。私は音や声で物事を判断していると言いたいのだろう。「人為的病《やまい》だ」とか、「明日は我が身だ」とか、「自由度が大きい」とか、「天才？　デビル？」とか、「絶対、面白い人だよ」とか、Ｃ社の子会社にいる時に言われたことだ。また「産業スパイ？」Ｔ社の子会社時代に言われた。面と向かってではないが……。

あるスーパーの家電売場へ行った時のこと、並んでいる商品のＴＶ画面から一斉に「殺人犯人！　殺人犯人！」と私めがけてのコールの大合唱をされた事があった。なんでもない人を犯人扱いするなんて、とんでもなく人権侵害だと私は思った。

また、今思うに、仕事を辞めずに頑張っていれば相当額貯えられたであろう賃金を、病気のために失い、なんと悔しい思いをさせられたことか。

そこで、その秘策がこの本の出版だった。

全国に、このような精神世界の連中の仕出かしたことを知らしめ、報復するのが一つの目的であり、印税を得ることにより、今までの失った賃金を取り戻そうということがもう一つの目的だった。

平成四年から平成六年にかけて、いわゆる〝ひきこもり〟を始めた。自宅療養（静養）である。

この間、私は何をやっていたかははっきり覚えていない。何もせず、ただ女の子とのリレーションに没頭していた時期かもしれない。

体調も多少良くなってきた頃、A社等の技術系の派遣会社に登録をし、クローズで（病気を伏せて）三社程勤務することになる。

I社では、通信機器の機能評価テスト、試作評価（静電試験、妨害電波・ACノイズテスト）などの仕事に従事した。K社では、現像機械のペーパフィルム搬送性実験を、TK社では、飛行機のコックピットに搭載される飛行情報表示装置の設計に伴う要領書の校正作業を行った。

そんな中、生活は苦しくなる一方で、平成九年一二月、障害者年金を受けるようになる。

このように三社程仕事に従事した後はまた体調が思わしくなくなり、それから長期に亘《わた》り、家から徒歩五分程の所にあるクリニックのデイケアを利用通院するようになる。

3Fがクリニックの受付・診察室となり、2Fがデイケアルームになっている。

以降〝デイケア日記〟を参照してもらいたい。

その後、親からの仕送りと年金で生活をしていた私だが、今度は親の生活が苦しくなり、平成一五年一〇月より生活保護の認可が下り受給が始まった。


ある日、デイケアのメンバーのひとりから、授産施設の社会福祉法人ＳＹに通っている話を聞き、自分も行ってみたくなり、体調も回復に向かっていたため、十数年ぶりにデイケアの利用をやめ、平成二一年一〇月より社会福祉法人ＳＹへ通い始めた。

そこでは、パンの製造販売を行っており、工房作業、カフェ作業、清掃が主な仕事となっていた。

まず工房作業だが、調理器具の洗浄、拭き取り、収納や、パンに入れる具材のカッティング、計量、また卵・粉・バターをボールに入れ、かくはんさせて生地を作る作業。天板《てんぱん》（パン生地を乗せ、窯に入れる鉄製の板）の使い終わった後のカス取りや油塗り、重たい天板を何枚も重ねて収納する作業など、結構重労働のものまである。

そしてカフェ作業だが、レジ打ち、お客様への応対、パンの陳列やテープル拭き、商品への値札貼りなど。

清掃は、一階二階の男子・女子トイレの掃除、二階の食堂兼多目的室やキッチン、職員室、一階の収納室やカフェなどの掃除を手分けして行う。

仕事の他各種行事があり、食堂のホワイトボードにそのたびに掲示してある。カラオケ大会、ボウリング大会、バイキングや旅行など。

また、講座もそのたび開かれる。健康に関するものや、発声練習、衛生管理上の講座などである。

食品を扱うため、衛生面ではかなり神経を使い徹底している。

毎日工房作業を始める前に、二人一組になり、ツメが伸びていないか、指輪をはめていないか、作業服に髪の毛やホコリ、ゴミが付いていていないかのチェックを行い、かけ声をかけ一礼して工房入口から入る。入ったら、すぐとなりの洗面台で、手を液状石けんで洗い、作業に入る。

作業時間は厳密に一五分刻みになっており、働いた時間はファイル（タイムカードではない）に記入しておく。後で集計して〝工賃〟となる。B型作業所なので〝給料〟という概念ではない。工賃は多くても月一万円に満たない。

ある日のこと、SYではある講座が開かれていた。

その最中、メンバーのひとりがふいに「僕は東大を受験します！」と言い出し室内をざわめかせた。「何をバカなことを言ってるんだろう」と思ったが、その後「自分も受けてみたい！」と、心に小さな炎が灯った。

当時五二才。後に東京大学理科I類を目指すべく、受験勉強を始めることとなる。

その話はあとで述べる。

現在の社会福祉法人ＳＹのような就労支援Ｂ型作業所とは、あくまで就労訓練であり、施設の利用契約をし支援を受ける。その一環として作業（仕事）がある。

一方就労支援Ａ型事業所とは、一般企業と同様雇用契約を結ぶ。一般企業とＢ型作業所とのパイプ役であり、仕事の効率、生産性を大事にしている所である。

就労支援Ｂ型からＡ型へステップアップするため、ＳＹでは就労移行チームに属し（現状維持で、ステップアップを試みない者は就労継続チーム）、面接の仕方や実務体験を、実際に色々な所に出向いて修得したりしながら、Ａ型事業所へ書類を送っては結果を待つという日々であった。ハローワークの障害者枠での就職面接会にも参加、何度か足を運んだ。

私は運良く書類選考が通り、面接を受けて見事採用された（当時、ＳＹスタッフのＫさんと共に面接に臨み、力強い助言を頂き大変お世話になった）。

採用された会社については、会社の方針により、ここでは割愛する。

そんな中、昼はそこで仕事をして、夜は東大の受験勉強という充実した日々を送ることとなった。

何故再び大学に入りたいと思ったのか？

何かにチャレンジしたい、人生の中で、〝証《あかし》〟を残したい、ステータスが欲しいと思ったからだ。それが教育であり、学問であった。現在の最終学歴へのコンプレックスも一理あったし、つまらない人生で終わりたくなかった。

また、大学を受験できる環境にあることに気づいたということも理由のひとつである。

予備校へは一切通わず、全て独学で勉強しようと決意した。

徐々に独学をスタートさせてみて思ったことは、想像以上に壁は厚く、自信がつくには、毎日朝から晩まで勉強したとしても、三、四年はかかるということだ。

センター試験では、合計で八割以上点が取れていなければ足切りとなり、二次試験を受けることすらできなくなる。

一番辛いのは、センターでは、とにかく短時間で膨大な量の問題を解かねばならず、心が折れそうになることだ。

英語に関しては、単語（語彙《ごい》）力不足のため何が書かれているかが読めず、内容が全く分からないレベルだということ。この年になって英単語を覚え直さなければならないのは屈辱以外の何者でもない。覚えられないというのは言い訳だと思うので、何とか工夫をして覚えようと思うが、これまた無理というもの。心折れそうだ。

他の教科、数ⅠA、数ⅡB、数Ⅲ、物理Ⅰ・Ⅱ、化学Ⅰ・Ⅱ、倫理、政治・経済、国語（現代文、古文、漢文）は、参考書を買い勉強すれば比例して学力も伸びるとは思うが、英語に関しては、努力しても単語が分からなければ問題を解く以前の問題だ。

受験勉強してゆく中で、スランプに陥った時や勉強が身に入らない時、はたまた勉強なんか止めてしまいたいと思う時も出てくるだろう。計画的に事が運ばない、そんな時のために精神面での自己管理方法、自己サポートの修得が大切になってくると思う。

本年度（来年三月末まで）は、センター向け、数ⅠA、数ⅡB、物Ⅰ、化Ⅰを重点的に勉強し、次年度、英、現代文、古文、漢文、倫、政・経をやる。そして再来年二次対策を始める。英、英リスニング、数ⅠA、数ⅡB、数Ⅲ（数Cは二次にはない）、物Ⅰ・Ⅱ、化Ⅰ・Ⅱ、現代文、古文、漢文を二年かけて（当初は一年の予定だったが量が多いので）やり抜く覚悟だ。

これまで物理、化学をやってきたが、ことのほか難しく、新たに生物、地学に変更することにした。

今までの物理、化学への勉強時間は何だったのかと自問自答する毎日だが、生物、地学に変更した途端、肩の荷がおりた気分になりスッキリした。

これで理科に関しては、全教科勉強することになる。

受験科目は、センター、二次合わせると、英語、英リスニング、数ⅠA、数ⅡB、数Ⅲ、生物Ⅰ・Ⅱ、地学Ⅰ・Ⅱ、現代文（評論・小説）、古文、漢文、倫理、政治・経済の実に一五科目となる。

センターでの生物は考察問題が多く、長文でかなり時間のロスを食らう。数学に至っては、計算用紙がおそらくついていないと思うので悪戦苦闘を強いられ、四割取れれば上出来かもしれない。しかも問題が結構難しい。

受験にあたってはその前日、試験会場の近くのホテルに泊まることにしている。

また、願書出願時、二次試験の場合、高校の調査書（卒業証明書に加えて成績証明書、あるいは単位修得証明書）が必要で、事前に高校へ問い合わせておかなければならない。

場合によっては、地元の高校へ自ら出向き、受験に至ったいきさつを丁寧に説明してこなければならなくなるなど、実に手間がかかる。でも決めたこと。男に二言はない。夢と希望を持って前向きに進もうと思う。

当然一回で受かるとはさらさら思っていない。何度でもチャレンジしてみせる。

ここにきて、センターがとても驚異に思えてきた。なにせ理科の場合、六〇分で三〇問解けといっている訳で、つまり一問二分で解けという。

問題に入る前の説明文（解説）が長いし。直感で解いていくしかない。不得意教科も満遍無く熟《こな》そうと思ってやってきたが、好きな教科、得意な教科を中心に進んだ方が効率的であることに気がついた。

好きな教科ならサクサク進められる。

とにかく〝面倒くせェ〜〟が先に立つ私としては、いかに短時間で効率良く勉強を進めるかにかかってくる。

ここで問題となるのが、〝地学〟だ。全くどの参考書をやったら良いか、皆目見当がつかないからだ。〝情報がない〟。二次対策用の地学の参考書がないのだ。東大の二次の模擬試験が売っているので、それで対応するしかないと思った。

そう、来年四月以降はお約束のＫ塾主催のセンター模試に挑戦するという課題もある。

感覚をつかむための重要な試験だ。頑張ろうと思う。

私は昔から国語や社会が苦手だった。必然的に理科・数学を学ぶことになり、結果理系の勉強をするようになったが、特別得意だった訳ではない。

現に物理、化学は相当奥が深く、並の勉強をしていただけでは解くことが出来ない程の計算されたセンター試験だ。現時点では、三五点から四〇点取れれば上出来と思う中、それでも皆平均六五点は取っている。これは凄い。

国立を狙うエリート達の集まりなので、それも納得だ。

先にも述べたが、受験にはメンタル面での管理がとても重要になってくる。

自分で自分を管理する。

眠くなったり、体調不良や勉強嫌いに陥ったりする時もあるだろう。でもするのだ。やるのだ。勉強を。機械のように。何故する？　逃げたくないから。

そして、学んできたことを試験当日まで忘れずに、こぼさずに維持してゆくこと。これが受験勉強以上に難しい。

忘れたら覚えれば良いとは言うものの、人によっては、あまりのプレッシャーに記憶が飛ぶ人もいるという。

ところで、「その後勉強の方はどうか？」と問われれば、「まだ自信がない」と答えるしかない。

表面を広く浅く勉強したという感じで、全く深みがない。深く突っ込まれると「分からない」となり、応用力が足りていないことが露呈される。逆に言えば、マクロの目で全体を見渡せる力は付いたといえる。泣き事は言いたくないが、正直〝忘れる〟。せっかく覚えても白紙になってしまうのだ。

暗記ものをどう克服してゆくかということも今後の課題だ。特に単語。それともう一つ。参考書・問題集選びが非常に重要。どう探すかが要《かなめ》になってくる。合否に左右されかねない。

ようやく参考書・問題集を探すことができ、取寄せをお願いしても、出版社に在庫がない場合や、絶版になっているケースもよくある。迅速に対応、進めていかないと、のんびり構えていると本当に必要な本を取り損ねてしまい、極端な話、死活問題にもなりかねない。注意が必要だ。

東大には入学金、授業料の免除制度がある。

でも、何故そこまでして国立を狙うのか？〝そこに国立があるから〟でしょ。

簡単に受かってしまったらつまらないから。苦労して手間暇かけて、頂点を極めるのが受験の醍醐味だから。登山と同じ。目標や夢を持つことって素敵でしょ。是非、ステータスが欲しいと思ったから。それだけ。

この先、自分の人生がどうなってゆくのかとても不安だ。とにかく、自分に挑戦を課し、大きなイベント（→受験）を計画することで、人生に減り張りをつけたいと思う。目標や夢に向かえることはとても幸せなことだと思う。充実した毎日を送れればと思う。

とにかく〝不安〟がよぎる時は勉強に走ること。不思議と安心するものだ。毎日わずかばかりの歩調だが、確実に前進している。

疲れて勉強どころではない日もある。勉強したくない日もある。オレいったい何やってるんだろうと思う日もある。それでも最終的には勉強に戻るのだ。とても安心するのだ。

〝生きた証〟を残したい。私には子供がいないので、ステータスという形で残せればと思う。

とんでもないことに挑戦しちゃったなと思うこともある。かなりハードルが高い。でも、どういう形であれ、完全燃焼するまで頑張ろうと思う。

なんか受験というワクを越えてるような気さえする。まさに自分との闘いだ。

人間、所詮はひとり。集団の中にいても、行きつく先はひとりなのだ。孤独との闘い。

そんな時、彼女も欲しくなるねェーって、そっちかい！

いずれにせよ、キャンパスライフをエンジョイしつつ、彼女もゲット！　一石二鳥ってどうだろう。悪くないねェ。

先日、一旦母親の元へ帰り、大学受験のことについてじっくり話し合ってきた。

大学を受験するにはあまりにも年齢が行き過ぎたねと。

もし仮に大学に受かったとしても、当然勉強のため今の仕事は辞めることになり、大学での生活や授業料の工面をどうするのかという問題が発生する。

学生のうちは、授業料免除制度や奨学金制度があり、バイトや貯めてきたお金でなんとか生活してゆけるかもしれないが、大学を卒業する頃には六〇才の定年を迎えており、生活のために就職を探しても、採用してくれる企業は皆無であろうことに気がついた。

五六才も真近に迫った頃、やむなく途中で受験は断念することに至った。

そのために用意した膨大な参考書や問題集は、山積みのまま虚しく微笑んでいた。

何のための受験勉強だったのか。見切り発車してしまった自分を責め、後悔し、深く反省もした。……失敗。

さかのぼり、平成二七年六月一〇日午後一時五〇分、父が亡くなった。享年八六。死因は肺癌・肝臓癌だった。

その日、母と私は病院で父を見舞った後、病室を出て隣り町のO市のスーパーにあるハンバーガーショップで食事をしていた。その時、携帯の着メロが鳴った。A総合病院からだった。父の容態が思わしくないので、再び病院まで来るようにということだった。急いで二人はタクシーを拾い、病院まで駆けつけた。病院に戻るとベッドはなく、隣りのナースステーションのすぐ横の小さなスペースにそれはあった。しばらくして父の様子も変わらないことを確認すると、一旦ベッドを離れ、食堂兼大広間で二人は外の景色を眺めていた。看護師が来て、容態の急変が告げられ、ベッドに戻るように促された。急激な血圧の低下が見られ、警報が鳴り出した。血圧は下がる一方で、とうとうゼロになった。その後、急に値が持ち直したかと思ったが、再びゼロに。静かに息を引き取った。医師が眼や胸を触診し、死亡したことを確認した。母と私はその父の最期を見届けた。あっけない最期だった。

父は昔から父性愛の乏しい人だった。子供には無頓着で到底尊敬できる人間ではなかった。

まず「ありがとう」「ごめんなさい」という基本的な言葉を話さない。感謝の気持ちがない人だった。迷惑をかけたなという反省がないし、迷惑をかけていること自体気づかない。

横柄《おうへい》、表面には出さないがいばりたい人だった。

何故か悲観的で、自分より幸せな人を見ると〝ひがむ（ねたむ）〟。不幸であればと思う（人の不幸は蜜の味）。

妄想がある。真実が分からないのに周囲の人に対し、想像で物事を言う、考える人。

悪いのは自分ではなく周りのせいだと思う。

〝せこい〟。

悪口・文句を言う。

わがまま、見栄っぱり、自己中心的、自分の事しか考えていない。家族のことなど何も考えてはいない。人の為にと思わない。

見せかけだけの人生、可愛想な人。

人が寄ってこないどころか、どんどん離れていく。

金銭にルーズ（だらしない）、借金ばかりを繰返す。母に金銭面ですがる。

病気がちな息子（私）からも借金をする。借用書は書くものの、返すつもりなどさらさらない。

身から出たサビ（全てが自分の仕出かした業）で、自業自得（自分がした悪い事の報いが自分自身に全て帰って来る）。

信用がない。

口が軽い。口先だけ（有言実行したという例《ため》しが無い）。

表向きは立派そうだが中身がない。

パフォーマンスは、人は見抜きますよ！

父は行政書士だったが、今まで客があまり付かないのは、仕事以前に〝信用・実力・人間性（人柄）〟がないからではないかと私は思う。

最後に、それでも私にとって世界にたったひとりの父親なんだ。唯一の息子に言われて、天国でどう思いましたか？　父上。

〝幸せになれる人〟ってどんな人？　それなりに人として基本のできている人のことだと私は思うのです。

その為、父が死ぬ四日前、母は父と離婚している（生前、母は父に借用書と共に、離婚届に判を押させていた）。

どういうところがおかしい父だったかというと、とても一言では語り尽くせないが、その一例を話してみよう。

私が中学生だった頃、母方の祖母から、何かの祝い事の時に買ってもらったクオーツの腕時計（当時はめずらしかった）をしたまま寝ていると、朝方父が出勤する時、私の腕時計がうらやましくて欲しかったらしく、自分の腕にその時計をしていきたいとダダをこねたことがあった。

普通なら、愛する我が子が祖母からもらった腕時計だから大事にしなさい、くらいのことを言うのが父親だろうと思うのだが、私の父は違っていた。

自分がその時計を欲しがった。

またこんなこともあった。

父と母と三人で会食をしに行った時のこと。

その店で出された定食の味噌汁の味がおかしい、腐ってると言い出し、店員を呼びつけ怒って店を出たことがあった。

普通なら、何も言わず味噌汁は残し、気持ち良く店を後にするものだ。

恥ずかしい思いをしたが、他人の気持ちなど考える人ではなかった。

借金をするにしても、その借り方が汚かった。母方の祖父母にお金を借りたいのだが、自分から頭を下げる人ではなく、母に行かせて借りさせてくるような人だった。

A市の当時の私の実家は、土地だけ借りていたものだったが、土地の大家がお金が欲しかったらしく、安いカネで土地を売ってくれるという。

しかし父は自分で買うだけの資金はなく、当然これまた母が祖父母に頼み込んで土地を買わせ、以前から父は二階建ての家が欲しかったようで、家と土地を売ってO市に建て売りの二階建ての一軒家を購入した。

が、その家も三、四年で高利貸しから多額の借金を作り、返済できずに売り飛ばすといった、実に身勝手な父だった。

そんな訳で、普通、父親は威厳あるものだが、うちの父親は名実共に信用できない人だったので、大事な局面でも、父親を通すといったことがなく、大事な相談事も、一切父とはしなかった。

父から教えてもらった事は、何ひとつなかった。

父は死ぬ間際、おかしな妄想をしていた。看護師達が勤務中にビールをかっくらって皆で笑っているとか。もう普通ではなかったと母は言う。

父が亡くなった後も、借金していたカネの取り立てが銀行からあった。

まず母に銀行から連絡があり、借金返済を迫られたと言う。

母が離婚していることを告げると、今度は息子さんに催促することになると脅かされたと言う。

案の定、私の所へ一通の封書が届き、借金の返済を迫られた。

父が死んで間もなく、母に、父は借金を抱えているので相続の放棄をしておきなさいと言われた。

家庭裁判所までわざわざ足を運び手続きをし、〝相続放棄申述受理証明書〟を取り寄せておいた。三か月以内に発行しないと効力は無いそうだ。

それが功を奏したか、銀行にそれを送ったところ、それ以降パッタリ催促が来なくなった。

子供の幸せが気に入らないのか、自分の不幸な性格に嫌気が差したのだろうか、うっぷんばらしに借金をしていたのであろうと思うと本当に腹立たしい。

生前、私から借金を返済していた額とほぼ同等の額の銀行からの取り立てだったので、私が返せない額ではないと思い借りていたのであろう。

とんでもない父だった。

しかし、父の生い立ちもまた悲惨なものであった。

父は実家を家出同然で飛び出し、友人や知人宅を点々と渡り歩き、大学の学費を払うのに友人知人に頼み込み、貧乏生活で、お寺（御堂）で寝泊まりをしていた事もあったという。

母と結婚してからがまた悲惨で、一文無しの父方の祖父母を呼び寄せての最低の生活が始まった。

みそ汁の具は胡瓜《きゅうり》の輪切り一枚だったり、部屋数が少ないので風呂場に畳を敷き、そこを寝床にし、部屋を学生に又貸しして収入を得ていたという。祖父母が死んでも財産はなく（借金がなかっただけ救われるが）、カネにはとことん縁のない父だった。

平成二七年一〇月二八日朝六時五五分、出勤前そろそろ起きようとしていた時、突然電話が鳴る。埼玉のA総合病院からだった。

「お母様が倒れられ救急で病院に搬送されました」

びっくり！　急いで帰省時に持っていく物や戸締りなどのチェックをし、着の身着のままヒゲも剃らず、埼玉のA総合病院まで駆けつけた。

母は以前甲状腺癌の手術を受け、甲状腺を摘出してあるためホルモンが出ず、薬で補っていたのだが、その薬も底を突き、当時父の死のことでてんやわんやで、ずっと薬を飲まずにいたためホルモンが出なくなってしまい、体が悲鳴をあげていたことが原因と、後になって分かった。

体が衰弱し、動く力も出なくなり倒れてしまい、ちょうど倒れた所に電話器があり、自ら救急を呼んだそうだ。

そんな訳で、母の看病のためO市の実家に泊り、隣町のA市の病院との往復を数日していた。

母ひとり子ひとりとなり、今度は母が死んだらどうしようと、余計なことまで考えてしまった昨今であった。

母は倒れた影響で歩行が困難となり、リハビリをした結果、杖をつくまでに回復したが、自転車に乗れなくなり、買物に行くことも、銭湯通いもできない状態で、現在は、介護施設のデイサービスや、ショートステイのお世話になっている。


平成二八年四月頃から、私は再び腰が痛み出し、椎間板ヘルニアの古傷が再来した。

横になっていても痛みがあり、ゴロゴロ寝返りを打ち、痛みの少ない状態の体形を模索した。

トイレに行くのが最も辛かった。

便座にすわると痛みがあり、用を足して立ち上がる時も痛みがあり、歩く時も、そして寝床に横になる時、激痛が走った。

〝腰椎神経根症〟と診断された。

当然一人では生活することが出来ず、急きょ母を呼び寄せ、二〇日間ものの間、食事や洗濯、買出しのお世話になった。

母も杖をついての行動であったので、共倒れにならないかが心配だった。

よく看病してくれたと、母にはとても感謝している。

途中、クリニックにも連絡しておいたため、訪問看護にデイケアのスタッフ（看護師）が様子を見に来てくれたことも、とても有難かった。

一か月程で痛みも収まり通勤できるようになったが、後遺症であろうか、左足に感覚障害が残ってしまった。

半分麻酔がかかったような感じと、つっぱる感じ、しこりが足の中に入っているような、へばりつくような、すっきりしない感覚が残ってしまった。歩くときごこちなく気持ち悪い。見かけは普通の足と同じなのだが、感覚が変だった。

医者が言うには、一生治らないかもしれないとのこと。なんて無責任なことを言う医者だろうと思った。


平成二八年一〇月、ここにきて予《かね》てからの糖尿病の数値が思わしくなく、なかば半強制的に、初めての教育入院をすることになる。

八日間の入院だ。

初日、自己血糖測定器の取扱いの指導を受ける。

一日四回の血糖測定（朝七時、昼一一時、夕五時、夜九時）は、きっちりその時間になったら測らねばならず、時間に追われ、自由時間があっても、それどころではなかった。

その後、内臓脂肪のＣＴの検査があり、血糖、体重、血圧の自己測定があった。

血糖二一九、体重七四・八ｋｇだった。

朝食、食パン二切れとジャム・バター、そしてスクランブルエッグにサラダ、牛乳だった。

朝食の後は運動のスケジュールではあったが、各自自由にすることになっており、私はサボった。

九時になると検温（体温測定）と蓄尿の開始があった。

蓄尿とは、おしっこが一日でどの位の量溜まるかを測るものだ。

九時半、講義。「糖尿病とその治療」だ。

糖尿病とは血糖値が高くなる病気で、食物の炭水化物は腸の中で消化されブドウ糖になるということ、ブドウ糖は体の全ての細胞に送られ、最も大切な栄養源になるということを学んだ。

また、高い血糖値が長期に亘り続くと、余病（合併症）が発生すること、糖尿病の治療の目的は、この合併症の発生を防ぐことにあるということも学んだ。

一〇時からは講義その二で、「集団食事指導①」を学んだ。一日の指示エネルギー（キロカロリー）は、標準体重×二六〜三〇が一日の食事量になるということ、標準体重は身長（m）×身長（m）×二二で算出され、栄養素には炭水化物、脂質、タンパク質、ビタミン、ミネラルがあるということ、食べる量を量るものさしとしては、一単位が八〇キロカロリーと決められていることなどを学んだ。

後、一一時から一三時半まで自由時間となる。

昼食の時間ではあるが、この後の検査の中で腹部超音波検査があり、その為、お腹の中を空にする必要があり、二時間半自由時間となった。

検査はその他、神経伝達速度、自律神経機能、足脈波などがあった。

医師の回診を待って、一六時から「糖尿病の薬」の講義が始まった。今度は、だだっ広い部屋に一対一の贅沢な講義となった。薬剤師が薬の種類の書かれたボードを見せながら詳しく解説し、説明を受けた。

血糖は毎回、血圧測定器の置いてある六畳から八畳ほどの指導室という部屋まで行って測定している。

測る時間になると他の患者も集まってくる。

講義の時間に色々質問したことから、講義を聴いていた他の患者達（特におばさん達）の人気者になり、指導室では大盛り上がりになったこともあった。

「噂はかねがね聞いてますよ」と言われ、「どんな噂なんだ」と気になって仕方なかった。

私のいる部屋は四人部屋だが、私以外の三人は皆オヤジ達（おじいさんとも思える）ばかりで（カーテン越しの、ほとんど声だけのイメージだが）、深夜、オヤジと娘（看護師）の会話に「ドキッ」としたことを覚えている。普段、オヤジと娘の会話など聞いたことがなかったからだ。しかも夜中に。

三日目、朝の体重測定、七三・八ｋｇになっていた。三日目なのにちょうど一ｋｇも減っている。嬉しい。

朝、尿の量が多く、蓄尿の為の容器一つでは足りなかった。容器にこぼれない程度めいっぱい尿を溜め、残りはトイレへ流してしまった。

このことは、きちんと看護師に報告しておいた。

九時半講義。「足病変・低血糖」「糖尿病の自己管理」「シック・デイ」のＤＶＤを観せられ、後に看護師から説明あり。

一二時昼食、今日の献立てはカレー煮、サラダ、果物（オレンジ）、福神漬少々だった。

食事をきちんと摂っているかの確認を、毎回食事が運ばれた後、ちゃんとチェックしに来ている。感心である。

一三時半、負荷心電図の検査となる。

歩くのでスニーカと、汗をかくのでタオルの用意と言われる。

その検査があることを事前に知っていた私は、病院にはスニーカで来ていた。院内では持参したサンダルを履いていた。

ランニング・マシーンの上を早歩きしながらの血圧測定や心電図は、結構きつかった。

そして一六時、講義「糖尿病の検査」だ。

臨床検査技師を迎えての、これまた贅沢な一対一の講義となる。

尿検査の中でも尿蛋白というのがあり、腎症の初期に出現するのが微量のアルブミン体（アルブミンとはタンパクの一種）であり、腎症が進行すると出現するのが蛋白尿である。

一方、尿ケトン体とは、高血糖やインスリン不足が続くと、脂肪の分解により生じるケト酸の増加により、尿中にケトン体がカスとして排泄される云々。他色々ご指導頂いたが、悲しいかなそれ以上覚えていない。

講義の最後に、何か質問はないかと問われ、中性脂肪が多いとHDL、LDL共に値が高くなり、動脈硬化になりやすいと聞いたが、私の場合、中性脂肪は高いのだが、HDL・LDLは正常値である。このような場合はどうなるのかと問い正すと、講師がたじろいでしまったことがあった。

四日目、今日の朝食は、さんまのおかか煮、味噌汁半分、ほうれん草のお浸し、ヨーグルト、味付けのりだった。

朝食を済ませると運動の時間だが、するもしないも自由でやっていない。

何かメニューを決め、講義のように強制的に運動をやらせれば良いのにと思った。

九時半より講義「合併症・動脈硬化」だ。慢性合併症について、種類としては主に神経障害、網膜症、腎症、動脈硬化などが起こりやすく、血糖が良好であればなんら心配はいらないそうだ。

一〇時からは「集団食事指導②」の講義が行われた。配られた食品交換表を基に（一）主食類、（二）果物類、（三）タンパク質を含む食品、（四）牛乳と乳製品、（五）油脂類、多脂性食品（マヨネーズ、ドレッシング、ベーコン、ナッツ類など）、（六）野菜、海藻、きのこ、こんにゃく、（七）調味料などについて学んだ。

一三時半より講義「運動療法・日常生活指導・合併症」について看護師から学んだ。

週に三、四日、二〇分以上の運動を食後にすると良いそうだ。

長時間無理なくできる運動（有酸素運動）としては、ウォーキング・自転車・水泳などが良いとされる。

軽く息が弾む位の運動量が適しているそうである。

運動を行う時間は食後三〇分～二時間が適しているなどなど。

一八時、夕食の時間、本日は焼魚（たちうお）、大根の煮付け、海藻サラダ、果物（キウイ）だった。

食後、自由時間となり、母へ近況報告の電話を入れた。

五日目から七日目までは土・日・祝となり、講義・検査はお休みで、午前九時から一〇時五〇分、午後は一三時から一六時四五分まで外出が許可されている。

私は土曜日午後一三時からの外出を申し出た。

時間となり、洗濯する汚れた衣類をバッグに詰め自宅へ帰った。

洗濯物をカゴに入れ風呂に入ってから身辺を整理し、ポストの郵便物が溜まっていないかを確認してから再び病院へ戻った。

予定よりだいぶ早く着いた。

戻ってから気づいたのだが、風呂の種火を消したか微妙に気になりだし、ガス会社に電話して、ガスの種火は時間が経つと自動的に消えるものかを尋ねたりした。

自分の中では確か消したと思ってはいたが確証がなかった。

翌日外出ができるので、自宅へ行ってみようと思い、その日は留まった。

翌日、九時からの外出許可をもらい自宅へ行ってみた。

種火は消えていた。ひと安心だ。

退院した時の荷物を少しでも減らそうと、小物を持ち帰っていた。

ガス会社の話によると、ガスを自動的に止める機能は付いていないが、ガス漏れを検知して止めるシステムは付いているらしい。

七日目、月曜日（祝）は一日おとなしく病院にいた。

血糖を測る以外は自由にＦＭなどを聴きながら過ごした。

八日目、火曜日退院の日、朝体重を量ると七二・〇ｋｇに。入院の時からすれば一週間で約三ｋｇもの体重が減っていた。

食事療法の成果は凄いと思った。

九時、最後に個別の栄養指導を受け、九時半には看護師から退院の説明を受け、一〇時には予定通り退院の運びとなった。

長いようで短い教育入院であった。


アリとキリギリスという童話があるが、私はキリギリスのようになりたかった。

株式でもやって、優雅にゆとりある極楽生活を送りたかった。

でも現実は地道にコツコツひたむきに働いて、毎日慎《つつ》ましやかな生活を送っている。アリだ。

こちらの方が人生学ぶことも多く、仮に大金を得たとしても、今はこの仕事を辞めることはないだろうと思った。

人間苦労しなければダメだと思った。苦労することによって人間は出来上がるものだと悟った。

だが、現在の夢は、東京タワーの夜景の見える都心の高層タワーマンションに住み、有線の落ち着いたＢＧＭの流れる中、ブランデーグラスを傾けることだ。

今後、将来どのようになっていくかは今のところ分からないが、人生を楽しみつつ、前向きに生きていこうと思う。

尚、本文にはまだ書けない事柄も多々あることを、ここに申し添えたい。

デイケア日記

私は統合失調症という病にかかり、小規模デイケアというクリニックに併設されたリハビリルームに通っていました。その時の日記をここに書き記すことにします。

月に一度の診察とデイケアでのメニューを熟していました。

メニューとは次の通りです。

室内レクリエーション、習字、絵画、陶芸、スポーツ、カラオケ、創作活動、軽作業、調理、ウォーキング、来月の予定決め、フリートーキング、俳句、音楽、ビデオ鑑賞、外出メニュー、七夕会、バーベキュー、芋煮会、クリスマス会など。

平成二一年三月一六日（月）

本日のメニューは、私の好きな〝室内レクリエーション〟だ（各メニューは〝予定決め〟の時間に皆で一か月分のメニューを決めている）。

まず最初は、あいうえお五十音の書かれたカードをそれぞれ机に広げ、〝虫〟の名前をいくつ作れるかを競うゲームだ。

三グループに分かれ、五分間でどれだけ作れるか。

作業療法士のSさんの「始め！」の合図と共に、皆が一斉にカードを拾い集めて文字にしてゆく。

〝せみ〟〝はえ〟〝か〟など。同様に外国の都市、コンビニにある商品で競ったが、私達のグループは最下位だった。

次のゲームは、南米の白地図に国名を記入して、いくつ当たっているかを競うものだ。

この南米シリーズは以前に一度やったもので、今回復習を兼ねて二回目の挑戦となる。

二人一組になり、早速白地図のプリントに国名を記入してゆく。事前に勉強しておいたおかげで、幸か不幸か私達のチームは全部正解となった。嬉しかった。

そして最後のゲーム。

二つのグループに分かれ、お題の〝川魚〟といえば？　の問いに、グループ内で一人ひとり同じ解答がない（かぶらない）方がポイントをもらえるというゲームだ。

いくつかのお題で競い合い、結果は両者共同じポイント、引き分けとなりお開きになった。

午後は〝ストレッチ〟だ。

以前はよく参加していたストレッチだが、最近メタボぎみになり、また体が硬くどうしてもやる気にならない。

皆に勧められるのだが、私は午前中の室内レクのみで終了することにした。

悪循環である。

三月一七日（火）

今日のメニューは、午前〝話し合い〟と午後〝ビデオ鑑賞〟だった。

話し合いでは、ホワイトボードに観たい映画を各々上げ、皆の挙手で、多い順に一位から四位まで決めていく。

その決めた用紙を持って、スタッフが近くのレンタルビデオショップへDVDまたはビデオテープを借りに行き、午後のビデオ鑑賞（部屋の隅にあるTVで）ということになる。

本日は耳鼻科への診察の日で、一一時には早々とビデオ鑑賞の話し合いを抜け出した。

診察を終え、今度は障害者就労支援センターのAさんと一四時に面談の約束があり、しばらくして出かけた。

その就労支援センターとは、障害を持っている人が安心して一般企業への就労を実現し、継続していけるようにサポートする事業所のことである。

支援センターから主治医の先生に、仕事に対する意見やアドバイスをもらってくるようにと言われた。

主治医に尋ねたところ、「現実性が足りない。経験のないことをやろうとしている。今の考え方だと仕事は難しい。しっかり訓練した方がいい」とのこと。

その旨センターに伝えると、就労に対して支援できない、作業所（障害者が、低賃金で仕事への習慣を身に付けるための軽作業を行う所）へ行って実績を積むか、自分で仕事を探して下さいとのこと。主治医のアドバイスでは、登録から就職活動へと後押しができないとのことだった。

必然的に自分でハローワークにでも行き、オープン・クローズ（病気のことを会社に伝えるか伏せるか）構わず仕事を探してくることになると思った。

今日は忙しい一日だった。

三月一八日（水）

今日のメニューは、午前〝軽作業〟午後は〝音楽〟だ。

午前中の軽作業は出たくなかったので、昨日の晩、目覚し時計は掛けずに就寝した。

今朝は九時起きだった。

朝食を済ませ、家にだらだら居るのもどうかと思い、結局軽作業に向かうことにした（デイケアは毎日九時一五分から始まる）。

軽作業とは、古切手（スタンプの押してある切手）集めから、種類別に分別する作業、同種類の切手を数え、一〇五枚まとめて束にする作業などがある。私は切手を一〇五枚束にする作業を行った。

お昼休みは一二時から一三時までだが、カレーライスが食べたくなり、近くの牛丼屋のカレーを食べに行った。糖尿病でもある私としては、いささかカロリー高めの食事だったが、せめて昼食くらいは自由に好きなものを食べたいという思いからの行動だ。

ちなみに朝・夕はヘルシー御膳（カロリーコントロールの糖尿病用食）を業者から取り寄せている。

デイケアルームに戻り、今度は最近始めたピアノの練習を行った。デイケアの昼休みの時間を利用してほぼ毎日練習している。グランドピアノが部屋の奥にあり、スタッフ長のKさんに教えてもらっている。

そして午後、音楽の時間。

ホワイトボードに、配った歌集の中から唄いたい歌の題名と頁数を書き出し、それを順にKさんの電子ピアノの伴奏と共に皆で唄うものだ。

私が出した題目は、アンジェラ・アキの〝手紙〟や谷村新司の〝サライ〟、そしてかまやつひろしの〝我が良き友よ〟だった。

三月一九日（木）

本日のメニューは午前〝習字〟午後〝フリー〟であったが、習字の先生の都合で急きょ午前〝フリー〟の午後〝習字〟となった。

午前はフリーを一一時には引き上げ、昼食を買いにコンビニへ。そして毎日届けてくれるヘルシー御膳待ちとなる。

一二時半になったらデイケアへ戻り、ピアノの練習をしようと思い時計を見ると一二時二〇分。

ヘルシー御膳は家にいない時、弁当を入れたスチロールの箱を玄関脇に置いておいてくれるので、一〇分早いがデイケアへ戻ろうと思い、仕度をしていざデイケアへ。

いつものようにピアノの練習。第九の旋律を右手で弾き終わり、今度は左手での練習に入ったところだ（教本に沿って練習を進めている）。

一三時になり、昼休みも終わり習字の先生が来られた。

私は今まで習字のメニューの時は殆ど休んでいたが、今回出席したのは書いてみたい文字があったからだ。〝勇者の舞〟〝獅子と薔薇〟〝海を渡る蝶〟〝琥白の夢〟を書きたかった。殆どが谷村新司の曲のタイトルだが、私はいたくこれらの言葉が気に入っている。

書いた半紙はホワイトボードに磁石で貼り付けてのおひろめだ。練習する間も余りなく、一発勝負だった。先生には褒《ほ》められた。

三月二三日（月）

今日のデイケアメニューは午前〝室内レク〟と午後〝ストレッチ〟だった。以前は出ていたストレッチがどうしても好きではなくなり、皆の「やりましょうよ」の声も虚しく、午前の室内レクだけ出て帰ることにした。頑固だ。デイケアに出ても出なくても、それは本人の自由となっている。糖尿病を患っているので、少しは軽い運動をした方が良いとの皆の配慮であろう。

室内レクでは、以前やったカード組合わせゲームから始まった。

駅名、スポーツの種類、料理の種類の単語をそれぞれ作り、多い方が勝ちというゲームである。

三チームのうち私達のチームは二位だった。

次のゲームは、CDラジカセを机の上に持ってきて、唄っている曲のセリフをよく聴いて書き留め、それが歌詞とどれだけ合っているかの聴力テストのようなものだ。

比較的目新しいゲームだ。

早口で唄う歌詞をいかに正確に聴きとるかがポイントだ。

それでも終わってみれば、私は結構良い成績だった。

最後のゲームは、新幹線の駅名を白地図に書けというもの。

その白地図は、所々駅から線を引っ張り、白枠の中に駅名を書けるようにできており、白地図の隅に前もって書かれている駅名から選んで、白枠内に書き込み埋めるというものだった。

二人でグループを組んでのゲームだったが、私は何故か余ってしまい一人でやることになった。

結果は、六グループ中私を入れて三グループが一〇〇点満点だった。

室内レクが終わったのが一一時五〇分、ピアノの練習の為一二時まで待つのも面倒なので、今日は帰ることにした。

一旦帰り、一三時までの間、また行って練習するのも一つの方法ではあるが、流れでストレッチへ突入することもあるので、本日はこれにて終了することにする。

明日の午後はさらに嫌いなスポーツだ。午前中は軽作業だし、どうしようかなぁ。とりあえず今日は、お疲れ様。

三月二四日（火）

今日は〝軽作業〟と〝スポーツ〟だった。

朝寝坊をしてしまい、それでも何とか九時半頃にはデイケアルームに着いた。

この間の〝習字〟の時に書いた作品を黒板に貼り、写真が趣味のデイケアのメンバーI氏に、記念にその習字を撮ってもらった。

軽作業は古切手の数えをやった。一〇五枚ずつ束ねて糸で縛るものだ。

午後のスポーツは、今だに出ようと思わない。

近くの総合体育館でソフトバレーなどを行うのだが、服を着替えるのが面倒、汗をかきたくないなど言い訳をしては、毎回スポーツのメニューのある日は休んでいる。

今日は一一時一〇分頃デイケアを後にした。

おいしい〝とんかつ屋〟をスタッフから教えてもらい、食べに行く予定だからだ。

昼のピアノの練習はちょっとお預け。

今日を締めくくる最大のイベントは、そう〝とんかつ〟だ。

地図を書いてもらったので、それを頼りにこれから行ってきます。時間をずらしてお腹を空かせ、一三時頃行ってもいいかなぁ。

ちなみに一二時五分現在、ＷＢＣ韓国との決勝戦は、サムライ・ジャパンが五回表で一対〇で韓国に勝っている。

三月二五日（水）

今日のデイケアでのメニューは〝メニュー決め〟と〝買出し〟だ。

〝メニュー決め〟とは、明日の〝調理〟に何を作るかを皆で決めるものだ。

ホワイトボードに、明日食べたいものをそれぞれ料理本を参考に書き出し、その中から多数決で明日の調理メニューを決める。

今回は主菜〝串かつ〟副菜は〝油揚げネギ入り味噌汁〟に決まった。

今日は一一時に帰宅した。ここのところしばらくピアノの練習をしていない。

午後の〝買出し〟は、串かつのメニューを受けて、その材料を近くのスーパーへ皆で買出しに行くというものだ。

ところで今日の昼食をどうするかだ。外出するのも小雨が降っており億劫《おっくう》だし、少し寒い。冷凍庫にナポリタンやグラタンがあるので、レンジでチンで済ませようかなと思う。

このまま午後の買出しには参加しないつもりだ。

三月二六日（木）
今日のメニューは〝調理〟と〝昼食会〟だ。
昨日決めた〝串かつ〟を今日作ることになる。

デイケアルームには小さなキッチンが奥にある。

今日は一〇人参加といつもより少なめだったが、一応集まったのでそれぞれ調理を分担した。

私は串に刺す長ネギを四、五センチに切る作業をした。

全てのネギを切り終えたら今度は、ネギ、豚肉、しいたけ、豚肉の順に串に刺してゆく。

全ての串にネタが付いたところで、串に刺さったネタを小麦粉と溶き卵に浸し、パン粉を塗《まぶ》してしっかり上から押しつける。

私はそこまでの作業をした。

皆で分担して作った調理が完成し、皿に揚げたての串かつ二本と、トマト、野菜を添え盛りつけて出来上がり。

みそ汁と炊きたてのご飯をよそい、皆各々テーブルの好きな席に着く。

ソース、からし、マヨネーズをそれぞれお好みでかけ、「いただきます」と同時に串かつに食らいついた。とてもおいしかった。
食べ終わり腹も膨れたところで、しばらくやっていなかったピアノの練習を始めた。
今までやったところのおさらいと、次のステップへと進んだ。
音符のドレミと指の位置関係がまだ十分摑《つか》めておらず、苦戦を強いられた。
今日はこのへんで、各々食事の感想を述べてデイケアを後にした。

三月二七日（金）
本日のメニューは〝陶芸〟と〝ウォーキング〟だ。
陶芸は以前、灰皿を作って以来ずっと出ていない。飽きたというのが正しい気持ちだろう。
午前中はデイケアに出ず、ヘルシー御膳待ちとなる。宅配が来て弁当を受け取り、昼飯を食べて一二時半頃デイケアへ向かう。

ピアノも教本の新しいページへと進み、まだ慣れないせいか、楽譜にドレミを書き入れないと、上手く弾けない。

一三時になり、部屋の簡単な掃除をしてからウォーキングをすることになる。

今回はＳ学園という所まで行くことに決まる。

片道歩いて三〇分の道程、結構長い。私を含め六人でのウォーキングである。運動に慣れていないせいか、しばらく歩くと足の裏がジンジンとしてくる。

目的地に着き、広い校庭に石材の丸椅子があり腰を下ろす。しばらくの休憩だ。そしてまた三〇分かけてデイケアルームまでのウォーキング。

達成感の後に一服したくなるのは何故か。

でも私は大事な禁煙中なので当然吸わない。ガムを噛んで気を紛《まぎ》らす。

スタッフ長のＫさんが言うには、早く筋肉痛になった方が若い証拠なのだそうだ。

久し振りのウォーキングであった。

四月六日（月）

今日は〝メニュー決め〟と〝買出し〟だ。明日の調理に向けて、何が食べたいかを決める日だ。

料理の本が一五冊程あり、その本に載っているおいしそうなもの、食べたいものの料理名と、本の頁数をホワイトボードに書いてゆく。

出揃ったところで進行係（司会）は、皆の挙手の数をそれぞれ数え、どのメニューが一番挙手が多かったかを判断、明日の料理を決定してゆく。

今回は主菜がロールキャベツ、副菜がマカロニサラダに決まった。

一一時になり、私は用事がありその場を退席する。

家に着き、ヘルシー御膳の宅配が来るのを待つ。ひたすら待つ。今日は待てど暮らせど一向に来る気配すらない。

市役所に用事があり、一三時を見届けると家を出る。

用を済ませ家に戻ると、ものの五分程で宅配が来る。グッドタイミングだ。

「今日は遅かったねェ」と言ってやった。

「息子の入学式があって……」と、そんなこと言い訳にならない。ま、とりあえず弁当を受け取り一件落着。

今日、デイケアに置いてあった、たまたま見つけた求人広告を持ち帰る。

隣駅からバスで一〇分程の仕事場で、電子機器技術者をパート・バイトで探しているらしい。

〝定年退職後のお小遣い稼ぎにも最適です。電子機器から離れられない方、大歓迎ですよ！〟だってさ。

電子機器設計の補佐業務のようだ。

どうしようかなぁ。当たってみようかなぁ。

何より履歴書をキチンと丁寧に書くことが面倒くさい。職務経歴書だって書かざるを得ない訳で。

明るい明日への第一歩となれば良いかなぁ。

とりあえず電話してみる価値はある。かけてみっか。

……電話してみた。一五時二〇分。一六時半でないと担当者が戻ってこないとのこと。一六時半以降、改めて電話すると約束して受話器を置いた。

一六時四五分、なんかドキドキするね、電話した。

社長と話をした。意外にもシャイな社長で、向こうからは何も切り出そうとはしなかった。

面接日などこちらで決めた。

四月八日午後に面接に行くことになった。細かな時間までは決めていない。

四月七日（火）

本日のメニュー〝調理〟〝昼食会〟だ。

ロールキャベツとマカロニサラダを作る。皆おいしそうに頬張っていた。

今日から、臨床心理系の大学院生が単位を取るため、毎週火曜日に来ることになった。韓国出身日本語ペラペラのYさんが来ている。本日のみ、午後用事のため欠席することになったようだが、明るく素直で楽しい人だという第一印象だった。

去年もその前も毎年実習生が一人ずつ来ている。女子大生と話ができる、しかも外国人と話ができるのはとても貴重な体験だ。

ここのデイケアに来るメンバーはだいたい決まっているのでついマンネリ化してしまうのだが、春風の如く、良い機会を与えてくれたここのクリニックに感謝です。

昼食も早く食べ終わり、感想を述べて一旦家に帰り、宅配のスチロールの箱を確認し、中身を冷凍庫へ。

一息して、家にいるのも春の陽気に誘われてかもったいないので、再びデイケアに行くことにした。

デイケアルームでは早めに掃除をして、終了の一五時まで時間があるので、皆で文字ピッタンゲームをすることになった。

黒板に何本かの線で格子状にマス目を書き、その中に漢字やカタカナ、またはひらがなのいずれかの文字を書き入れてゆくものだ。

例えば〝生きているもの〟をお題に、最初の文字を黒板中央に横に〝サクラ〟と書く。そのサクラの〝ク〟から縦に〝クジラ〟と書き入れる。

このように派生する文字を次々に繋いでゆくゲームだ。

最後に全ての文字が四隅にまで埋まれば成功となる。

このゲームを時間が来るまで皆で楽しんだ。

四月八日（水）

今日のメニューは〝でいけあ便り準備〟と〝ウォーキング〟だ。

でいけあ便り準備とは、年に四回（三か月に一回）の割で発行する季刊紙の下準備のことで、皆で書いた〝吹き出し〟を原紙に貼ったり、〝俳句〟のメニューの時に書いた皆の俳句をまとめるなどの作業をすることだ。

午後はウォーキングだが、私はこの前約束をした会社に面接に行くため欠席をした。

面接に行ってきた。

履歴書・職務経歴書を見て十分すぎると言われたが、先客が七、八人いるという。

結果はなるべく早く連絡するとのこと。

さて、どうなるかは後のお楽しみ。

四月九日（木）

今日のメニューは〝俳句〟と〝スポーツ〟だ。

スポーツは以前参加していたが、ここのところめっきり出なくなった。今日は俳句だけ作って帰ってきた。

しゃぼん玉　虹色はじけて　はかなき命
暖かな　春の日だまり　うとうとと
雪解けの　上流の泉　清らかに

と、三つ作った。

本日、これといって収穫なし。

今日はクリニックの診察の日。

都心に仕事場が集中しているため、仕事を探すのに都心に越したいのだがどう思うかと先生に相談したところ、現実問題難しいだろうという返答。地元で頑張ってみては？　とのことだった。

昨日、アルバイトの件で面接に行ったことは話さなかった。正式に決まれば話そうと思う。

四月一〇日（金）

今日は〝室内レク〟〝ストレッチ〟だ。

室内レクでは文字ピッタンをやった。続いて定番ショー。

戦国武将の名前を書けという問いに、二つのチームに分かれ、それぞれのチームで同じ武将の名前を何人書けたかで勝敗を決めるというもの。

私は〝織田信長〟と書いた。チーム六人のうち四人同じ答えだった。相手チームも同じで同点。

次は日本の街道を挙げろというもの。

お題を三、四回こなしトータルは……両者共同点という珍しい結果となりお開きとなった。

午後のストレッチは棄権した。

四月四日に行った糖尿の採血検査の結果が既に出ていると思い、内科受付は午前の部は一三時までなので、軽く昼食を済ませ、近くの内科クリニックへ受診に出かけた。

結果は芳《かんば》しくなく、ヘモグロビンＡ１Ｃが八・一で前回よりも〇・五さらに悪化している。

間食をやめ、運動をし、カロリーを抑えるようにすること。毎度分かってはいる。

三か月に一度の採血検査を、今度は一か月毎にするようにと言われる。

四月一三日（月）

今日は〝創作活動〟〝音楽〟だ。

創作活動は本来、ぬり絵、切り絵、プラモデル、ジグソーパズルなどを行うものだが、もっぱら皆、フリーモードでトークを楽しんでいる。私も同じだ。

一一時には家に帰り、ヘルシー御膳が届くのを待って、昼の食事を買いに近くの一〇〇円ショップのコンビニへ繰り出す。

昼食を済ませると一二時半になり、再びデイケアルームへ。ピアノの練習だ。しばらく弾いていないせいか指が鈍っている。

二〇分位練習して、掃除を先に済ませ、午後のメニュー〝音楽〟の時間となる。

皆、唄いたい歌を歌集から選び、ホワイトボードに書き、それを順番に皆で声を揃えて唄ってゆく。好きな歌が目白押しだった。

今日、自立支援医療受給者証の更新のための診断書が出来上がり、受付で受け取ったところだ。早速、市役所で手続きをしてこなければと思う。

明日は耳鼻科へ行く予定もあり、天候も悪化してくるとの予報も出ているので、結構大変な一日になりそうだ。

明日火曜日は、韓国出身のYさんもデイケアに来ることだし、国際文化交流をたっぷりしてこようと思う。

今日はそんな一日だった。

アルバイトの件、連絡がまだ来ていない。

四月一四日（火）

今日のメニューは〝話し合い〟〝SST〟だった。

〝話し合い〟とは、午後の〝SST〟における議題を決めることと、ちょっとしたお茶菓子を作るので、そのメニューを決めるための時間だ。

〝SST〟とは〝ソーシャル・スキルズ・トレーニング〟の略で、社会生活技能訓練という意味だ。

その他〝フリートーキング〟というメニューもあり混同しがちだが、SS

Ｔは面接体験など社会生活に必要な項目であり、フリートーキングは文字通り自由に議題を決め、それについて話し合おうというもので、あまり型にはまらず、ＳＳＴがフリートーキングになっても良いことになっている。

話のネタ箱が部屋に備え付けてあり、中に用紙が入っていたので、今回はそれを議題にすることになった。メンバーのＦさんからのメモだった。

・仕事をしていて、聞いたことをすぐ忘れるが、どうしたらよいか困っている。

・怖いことを克服するにはどうしたらよいか。

・頑張れない、踏ん張れないがどうすればよいか。

以上の三つだ。

一三時になり、お茶菓子を作ることになる。

今回は〝白玉とバナナのきなこ黒みつかけ〟に決まった。

白玉粉を練り一口大に丸めてお湯で茹で、ザルに移し冷水につける。バナナは輪切りに薄く切る。白玉とバナナを盛り、きなこを振りかけ、上から黒みつをたっぷりかけて出来上がり。おいしそうだ。

お茶菓子をいただき、本題へ入る。

仕事をしていて聞いたことをすぐ忘れないようにメモを取ろうとするが、なかなかメモ書きするのは難しい。また、メモを取ってはいけないらしく困っているとのこと。

結論から言えば、まず、上司に相談することだということで一問解決。

次に怖いことを克服するにはとは、家事の手伝いなどで台所に立ち、横から急に手を出されることへの恐怖を感じるという。

自転車が後から来られることへの恐怖や、スーパーでの買物でカートを引いている時、他のカートへぶつかるのではという恐怖があるらしい。

普段の我々にはさして気にも留めないことなのだが、本人はいたって真面目にそう話す。

デイケアの調理の時や、買出しの時などは別に何も感じないという。

結論としては、責任を人に委ねることだとする意見が多かった。

最後の議題、頑張れない踏ん張れない。

結論から言えば、責任感が強すぎる。もっとクルマのハンドルのようにあそびを持った方が良いのではということだ。あそびとは、余裕やゆとりのこと。

本日は以上だった。

一七時、アルバイトの件で会社から電話があり、「申し訳ないが、他の人に決まった」とのこと。

ま、ダメならダメで諦めもつくというもの。次回また頑張ろう。

四月一五日（水）

本日は〝軽作業〟と〝室内ゲーム〟だった。

仕事以前に、きっちり毎日デイケアを熟すことから始めましょうとスタッフ長のKさんに言われ、それもそうだなと極力通うことにしている。

午前中は嫌いな軽作業だったが出てみた。

切手をお湯につけ紙からはがす作業、はがした切手を新聞に貼り乾かす作業、切手を仕分けする作業、同じ切手を集め一〇五枚に束ねる作業の四ステップある中で、最後の一〇五枚数えて束ねる作業を選んだ。この作業が何故か好きだ。

一一時になり、昨日雨で行かなかった耳鼻科へ行くため、デイケアを後にし自宅へ戻った。

一一時半、まだヘルシー御膳の宅配が来ておらず、耳鼻科の受付が一二時までなので、やむなく自転車で耳鼻科へ。

着くと、ものの一〇分で診察に呼ばれる。

いつも通り診療を受け、受付で処方せんをもらい、近くの薬局へ。薬をもらい、昼食を済ませ、帰宅するとグッドタイミング、一〇分程で宅配が来る。

今日は、ヘルシー御膳の精算日だ。

午後は〝室内ゲーム〟だが、市役所への用事もあり（自立支援受給者証の更新手続き）一路市役所へ。

用を済ませ、デイケアルームへと、その途中、郵便局へ寄り、ヘルシー御膳の精算の振込み手続きも済ませ、いざデイケアへ。

ホワイトボードで文字ピッタン（今回は、色のつく単語を書くというもの）をやっていた。

終了後、午前中に、スタッフ長のKさんから食事記録ノートを持ってくるように言われていたので、糖尿の採血結果データと共に、食事記録のノート（一日分の食べた物と総カロリー、その日の体重を記したもの）を持参し見てもらった。

間食が多いので減らすようにと、カロリーを一六〇〇台以下に下げるよう言われ、一週間後食事記録をまた見せるようにと約束させられ、今日はデイケアを終了した。

長い一日だった。

四月一六日（木）

今日は〝絵画〟〝フリー〟だった。

朝から機嫌が乗らない。絵画だからだ。あまり絵画は好きではない。いつも通りの時間に起きた私は、出かけたくないと思いつつも、家にこのままじっと居るのもどうかと思い、結局、いつも通りにデイケアルームへ。

一〇時五分前には絵画の先生が来られた。モチーフになるようにと、色々な花や果物、野菜などを持って来てくれた。が、私にとっては皆不必要なものばかり。そう、私は花などの写生は苦手だった。

何を描こうか迷ったあげく、そうだ、毎日コーヒーなどを入れているマイ・マグカップに描かれているデザイン（ミッキーマウスの絵）をスケッチしてみようとひらめいた。

スケッチをし、色も塗り完成だ。これが大当たり。先生にはお褒めの言葉を頂き、絵画に来ているメンバーには「上手だね、これもひとつの才能だね」と言われ、とても嬉しかった。

我ながら素晴しい絵が完成し、自分の才能に意外さを感じた。

あれ程絵画が嫌だったのに。写生ではなく、視点を変えてみたところが当たったのだろうと思った。

どこに才能が隠れているか、分からないものだとつくづく思った。

いつも絵画や習字は一〇時から一二時まで昼休み抜きでぶっ通しでやるのだが、私は描き終えた満足感からか腹が減り、一二時を過ぎると一旦家に戻った。

食事を済ませ、一三時には再びデイケアへ。

一三時から一四時までの一時間は、デイケアでは昼休みとなる。

昼休みが終わり午後は文字通り〝フリー〟の時間なので、また皆で文字ピッタンをやろうということになった（この文字ピッタン、結構人気がある）。漢字で単語を黒板のマス目に埋めていくものだ。

私が板書することになり、皆が言った単語を黒板に書いてゆくのだが、意外と漢字書けるものだなと思った。私も捨てたものではない。

そして一五時、お開きとなった。

四月一七日（金）

今日のメニューは、〝話し合い〟〝ビデオ鑑賞〟だ。

今日は、ドクターに作業所へ通ってもよいか承諾をもらうため、診察を受けることにした。

クリニックに早く着き、受付を済ませたので早く受診することができた。診察を終え、デイケアルームに戻ると、黒板に観たい映画のタイトルがずらりと書かれてあった。

午前の話し合いとは、午後のビデオを観るための映画決めのことだ。最終的に〝パコと魔法の絵本〟に決まった。

一一時、私は帰宅し宅配待ちとなる。

一一時半、弁当が届く。ピアノの練習も最近ご無沙汰となり、行かなければと思うが、今日はどうも足が向かない。行ってピアノの練習をすれば、そのままビデオ鑑賞に突入することになるので……。

私はあまり映画には興味がないようだ。皆は映画のことよく知っているなぁと思った。

ドクターのＧＯ！　を受け、私は作業所（授産施設）である社会福祉法人

ＳＹ（パンの製造販売を行っている）に連絡を取ってみた。入所するのに半年待ちになるとのことだった。見学はいつでも構わないとのこと。

四月二二日午後二時に伺うと約束をして電話を切った。

ＳＹに入所するまでの半年間、近くの作業所（地域活動支援センターの支所）にお世話になろうと思い連絡を取ってみた。

二一日の一三時に見学することになった。

そこは仕事の習慣を身に付ける所で、賃金はあまり発生しない、期待できないとのことだった。

結局、午後のビデオ鑑賞には出なかった。

エッセイ

生きる証

人生八五年として、とっくに折り返し地点を過ぎている。あと約三〇年、どう生きるかが最大のテーマだ。

生きる証、生きている証が欲しい。

私は結婚していないので、我が子供を証とする訳にもいかない。となれば何を残すか……。そう、この執筆が唯一生きる証となるだろう。

本となり全国に証が散らばる、自分を誇示するかのように。いいものだな。

我が子がいればもっと良いのだろうけど……。

子供は無邪気で可愛い。ギューっと抱きしめてやりたくなる。

まだ結婚もしていないのに、生まれてくるかもしれない我が子の名前を今から考えている。美琴《みこと》、レオナ、ノイ、ユマなどである。ちょっと中性的で男でも女でも通じるような名前にしたいと思ったから。

何か想いを形にしておきたい。

特別趣味という趣味がない私にできること。

油絵もいいかなぁ。写真もいいかも。人物写真や風景写真。

そういえば昔、油絵をやろうと画材を買いに、御茶ノ水の〝レモン画翠〟という店に行ったことがある。今もその店あるかなぁ。なつかしいなぁ。

そして、私の感性が読者の皆さんに届きますように。

突破口はそう、まずこのエッセイからだ。

理想の女性

私の理想とする女性は、

・精神的に自立していて、寄りかからない人。
・高学歴な人（高学歴であればある程良い）。
・字のキレイな人。
・素直な人。

・センス（感性）のある人。
・歯並び、ツメ、足のキレイな人。
・普通自動車免許のある人。
・身長は一六五ｃｍ位まで。
・料理が上手で、裁縫のできる人。

以上である。そんな条件の合う人いないよと言われそうだが、あくまで理想。年齢が経つに連れ、理想が段々高くなってしまった。でも大丈夫。九つのうち三つ以上当てはまればＯＫ！

何よりも、一緒にいて楽しいと思える人がいいかな。でも、最終的には〝心〟だね。

デートするなら公園巡りがいい。

横浜の〝みなとみらい〟もデートスポットだね。山下公園、氷川丸、コスモクロック（大観覧車）、ランドマークタワー、ベイブリッジ、そしてお台場のレインボーブリッジなど。夜景キレイだよね。

彼女と一緒なら、どこへでも旅行してみたい。海外もいい。

結婚観

私は今だに独身である。結婚に焦っている訳でもない。こればかりはご縁だ。

昔は何歳までに結婚したいとか思っていたが、今は何歳でもいいと思うようになった。

結婚式のような型にはまる式は挙げたくない。そう、ジミ婚？　二人並んで記念写真を撮っておけば、それでいいんじゃないかなぁ。

まず結婚する前に二人の相性をみるため、同棲がいいと思うんだけど。それで一、二年生活してみて、結婚してもやっていけるなと思ったら、迷わず婚姻届を一緒に出しにいこう。

新婚旅行は？　思い出を作るには行った方がいいかもね。そうだなぁ、モルジブあたりがいいかなぁ。

子供はできれば産めばいいし、できなければ夫婦二人で楽しんで暮らせば良し。でも、子供可愛いだろうなぁ。

婚期

私は婚期を今までに三回逃がしている。二一才と二三才、そして二七才の時だ。

二一才、「結婚してくれる？」付き合い始めて間もない頃、そう彼女は唐突に話す。

「ダメダメ、就職だって決まってないし」

この言葉の裏には、就職がちゃんと決まれば結婚してもいいよという意味が含まれていたのだが、そこまで深読みできる程、年を重ねている彼女ではなく、あえなく二人の仲は自然消滅。

二三才、「そろそろ潮時みたい……」要は結婚したいということ。でも彼女は私より三才程年上。どうしようか。年上の妻を持つことは、当時としては許せなかった。

あっけなく自然消滅。

二七才、電車中、「コーヒーでも飲まない？」となにげに私。彼女、「いい（遠慮する）」「そっ」

それから数日後、電車中彼女から「コーヒー飲みたい」と。

その裏には、コーヒーを飲むきっかけを作ってプロポーズされるのかな、それなら受けて立とうかなという彼女の思惑があり、「飲みたい」つまり私からのプロポーズを受け入れるという意味だったのだろう。

しかし私は、ちょっと待てよ、よく考えてやはり彼女とは結婚できないという結論になる。

コーヒーを飲みに行き、案の定、彼女から〝結婚〟の二文字が出てきたが、私は「結婚してくれ」とは切り出さなかった。

このようないきさつがあり、それ以降婚期に恵まれることもなく、ずるずると今日《こんにち》まで来てしまった。

高学歴で字のキレイな女性、募集中です。

容姿は良いに越したことはありません。

性格

とにかく心配性。

例えば、電車に乗っていても車に乗っていても、トイレの事が気にかかる。ここでトイレに行きたくなったらどうしようとか。

渋滞に巻き込まれた時など、特に下痢ぎみの時など神経ピリピリもの。他のドライバーなどは、そんな時どう思いどう対処しているのだろうか、不思議でしょうがない。

映画館でも、途中で便意を催したらどうしようとか。

そんな訳で、いつ何時でも対応できるように、座席はいつも列の端に座るようにしている。

平和主義。

人との関係を感情で壊したくない。何事も穏便に済ませたい。

典型的A型気質。

キッチリしている。人との待ち合わせなど、何時と言ったら何時キッカリに来ること。

ものぐさ、面倒くさがり屋。

掃除など殆どしない。年に一回すればいい方。

そのくせ、几帳面。

部屋が散らかっていることが許せない。きちんと整理整頓されていることが望ましい。

風呂に入るのも面倒なのであまり入らない。

そのくせ潔癖症。

体が汚れていることが許せない。

負けず嫌い。

そのくせ闘争心があまりない。闘えば負けることを知っているので、初めから闘わない。

いつも〝心のなぎ〟を心掛けている。

〝なぎ〟でいたい。

時々、荒波を立てられることがあっても、〝なぎ〟にしてしまう。一種の特技かも知れない。

理論はしっかりしているのに、実践が伴っていないとよく言われる。

死後の世界

皆さんは、死後の世界はあると思いますか？　私はあると信じています。また、そう思っていないとつまらないですよね。死んだ後は何もない〝無〟だと言う人がいますけど……。

色々な経験を積んで、天寿を全うするということ。その後は想像だにし得なかった壮大な天の国が開けてくるのではないでしょうか。より高い次元へと導かれていくのだと思います。

そこで一定期間過ごした後、また輪廻転生で現世へと生まれ変わるのだと思います。

ある本にも書かれてありましたが、精神は魂、肉体は現世を渡る為の舟だと思っています。死する時、我々は現世での乗り物、肉体を離れ、魂だけがより次元の高い天の国へと導かれるのではないでしょうか。

天寿を全うすることなく自殺をしてしまえば、おそらく天国へは行けなくなると私は思います。

どのような理由があろうとも、自殺だけはしてはいけないと思います。

生きてさえいれば、また新しい太陽が昇るのです。元気を出して、前向きに！

欲

私には、物欲があまりない。それよりも知識欲がある。

英語、数学、電磁気学、半導体工学、回路理論、生物、経済、世界史をもっと深く学びたいという気持ちがある。

超電導、有機ＥＬ（エレクトロ・ルミネセンス）に興味がある。蛍光灯の〝放電〟から有機ＥＬの〝電界発光〟へ。近未来になくてはならないものとなるだろう。

性格的にせっかちなのだろうか、それらの学問を短時間でより多く修得したくなるのである。

修得は、時間をかけてじっくりと学ばなければ身に付かないものだ。特にこの年になると、暗記ものは何度も繰り返さないと覚えない。

また、精神性を高めたいとも思う。精神欲？　もある。

頭の中で空想、妄想にふけることも好きだ。

現実に欲求を実現させていくためには、強くその欲求するイメージを思い浮かべ、その通りになるようにと思い続けることだ。不思議と行動が思い浮かべたイメージに沿うように動いてゆくものだ。

パソコン

私はパソコンが苦手だ。電気工学科を出ている割にはデジタルに疎《うと》い。ワード・エクセルかじった程度。

買ったパソコンは一年足らずで売り飛ばした。

何故パソコンが苦手なのか、今だに分からない。興味があまりない。論理回路とかデジタルそのものは好きなのだが、ウインドウのどこをクリックすればどうなるのかが分からない。

また、セキュリティも表示されるとパニックになり、どうしていいのか分からなくなる。

「こりゃソフトを買わにゃならんのかなぁ」とつい思ってしまう。そう、買わせる仕組みになっているのだ。

文字入力も、人差し指でポツンポツンとするだけ。ブラインド・タッチなど夢のまた夢だ。日が暮れてしまいそうだ。

インターネットもやってはみたが、検索のみで電子メールはやったことがない。

確かに物を調べるのに検索するのは便利だとは思うが、月に何回も調べるものがある訳でもなく、プロバイダーへ支払う料金もばかにならない。

そうだ、タウンページがあるじゃないか！

音楽

私が初めて買ったシングルレコード（ドーナツ盤）は、仲雅美のポーリュシカポーレ（ロシア民謡）だった。

音楽は、心に感じる曲ならジャンルを問わず何でも聴いた。

でも、最終的にしっくりきたのが、アリス（谷村新司）の曲だった。

また、洋楽には疎かった。ビートルズ、カーペンターズ、マイケル・ジャクソンにスティービー・ワンダーくらいしか知らない。

昔は心に残る名曲がいっぱいあったなぁ。そういう意味じゃ恵まれていたかなぁと思う。

フォークソングの神様、吉田拓郎。シャンソンの金子由香利。そういえば銀座の銀巴里に、本場のシャンソンを聴きに何度か足を運んだことがあった。

最近の楽曲はつくづくメロディーがなってないと思う。誰が作曲しているのか知らないが、今の若者は音楽に関していえば不幸だなと思っている。

そんな中、安室奈美恵や宇多田ヒカルは、時代の最先端をゆく近未来的な曲だと感心している。

ファッション&コーディネイト

私は女性のファッションに興味がある。

ファッション誌が連ねる中、そのモデルの着こなしには目を奪われる程だ。出版社などでファッション誌のページをデザインしたいと日頃から思ってはいるが、現実問題無理である。

一方、コーディネイターにも興味がある。

女性を女性として作り上げる為のコーディネイトには自信があると思ってはいるが、自己流であり、これまた現実問題無理がある。

ハローワークの求人に、コーディネイターや編集の仕事など載っていないからだ。

どうすればなれるのか。強くイメージを持ち、その仕事を模索しつつ徐々に遠回りしながら近づいていくことだろうと思う。

私にもし彼女ができたら、ランジェリーからコーディネイトしてみたいものだ。

デザイン

私はデザインにも興味がある。特に企業のロゴマークなど。

グラフィックデザインも手掛けてみたいが、時既に遅し。この年齢で経験もなく雇ってくれる所などないだろう。デザイン専門の学校へ行った訳でもないので。

進路を決める時、デザイン関連の学校に進めばよかったのだ。方向は技術系。エンジニアの方向へ進んでしまった。どうも違和感があったのもそのせいだろう。

まとまった資金があれば、再度デザイン関連の専門学校にでも入り、二年位みっちり勉強して、卒業後企業の広告宣伝部やデザイン事務所の役員にでもなり、活躍したいものであるがどうだろう。

デザインを生かせる場はこんな所にもあった。

半導体のレイアウト設計である。

三〇才の時、転職情報誌で半導体設計業務の募集を知り、それに応募しようと思ったことがあった。

大手N社での半導体回路設計やレイアウト設計であったが、当時病状が思わしくなく、やむなく断念したことを覚えている。

今後、デザインとの接点を模索しつつ歩みたいとは思っているが、現在の仕事とのあまりのギャップから、どう埋めていくかが課題となりそうだ。

長続きしない

私がもし女性だったら、バレエやピアノを習いたかった。

小学生の頃、柔道を習い始めた。ところが帯の色も変わらぬうちに辞めてしまった。

人と対戦すること（争うこと）が嫌だった。

珠算も習い始めたが、段になる以前に自然消滅してしまった。

何をするにしても長続きした例しがなかった。

学校でのクラブ活動しかり。

中学では陸上部（短距離）に入ったが半年で辞めた。その後サッカー部へ入部するも、わずか一か月で辞めてしまった。根性がない。

高校の時は放送部に在籍していた。

文化祭での放送劇〝春の雨はやさしいはずなのに〟が思い出される。

毎朝決まって登校時にかかさず音楽を流していたことは、ひとえにチームワークの良さであり、唯一長続きしたことになるだろう。

放送部には三年間在籍を果たした。

大学でのサークルは、混声合唱団に属していた。ヴェルディのレクイエムなど練習していたが、場の雰囲気に馴染めず数か月で辞めてしまう。

長続きしない。

趣味

私の現在の趣味は、寝ること、貯金だ。こう書いてしまえば面白くも何ともない。せめて音楽鑑賞とでもしておこう。

今でこそ音楽鑑賞だが、中学時代は結構趣味を楽しんでいた。それは〝テープDJ〟というもの。ラジオ番組まがいのものを作成し、カセットテープに収めるというものだ。

好きなお喋りと音楽、何かコーナーを設けてゲストを招き対談を収録したり、はたまた取材をしに回ったりとか、それを編集しひとつの番組に組み立ててゆくプロセスが楽しいし、また完成したテープを友達に聴かせ、感想をもらうことも楽しかった。

ダブルで楽しめる趣味を私は持っている。

最近、やっと趣味を見つけた。

東京タワーの夜景の見えるホテルや、飛行機（空港）の夜景の見えるホテルに泊まり歩くことだ。

これ絶対！　いい趣味を見つけたものだ。

一人旅

学生の頃、日本の最北端で年を越すこと自体が目的で、年末には遥々《はるばる》礼文島まで足を運んだことがある。

妙にカラスが多かったことが印象に残っている。

さぞ極寒だろうなと思いきや、気温は東京とだいたい同じだった。

初めて旅をしたのは神戸だった。

ポートタワーにポートライナー、異人館やうろこの館、風見鳥のある洋館、メリケン波止場などひと通り回った。

長崎ではオランダ坂、平和記念公園に原爆資料館、ハウステンボスや大浦天主堂など回った。

北海道は函館の十字街や函館山、ハリストス正教会、オホーツク海までの距離が一番近い北浜駅、札幌の時計台に北海道庁、北大は有名だ。

もうこの年になると、さすがに一人旅は辛いので行こうとは思わないが、もちろん彼女でも出来れば一緒に旅行しまくりたい。

海外旅行、唯一私が外国へ旅行したのは〝グアム〟だった。

はじめ友達を誘ったが既に行っているとのこと。じゃあひとりで行っちゃえと思い、荷物まとめて一人で海外へ。別に不安も怖くもなかった。当時二五才。若かった。

行った先で友達ができ、ガン・シューティング、ジェットモービル（水上バイク）やショッピングなどを楽しんだ。いかがわしい所へも行った。グアムから程近い島、ロタ島へセスナ機で渡り、色々な名所旧跡を回ったように覚えている。

唯一楽しかった旅の思い出である。

タバコ

私は四八才でタバコを止めた。

吸い始めたのが二〇才位からだから、約二八年間吸い続けていたことになる。

体に良い訳がない。一日六〇本位吸うヘビースモーカーだった。体に異変が起こらないのが不思議なくらいだ。

これから一〇年かけて肺をキレイにしていかなければならない。

初めてタバコを吸う真似事をしてみたのが一六才位の時だった。不良めいたことを一度してみたかった。頭が一瞬クラッとしたが何も変化はなかった。

タバコを吸っている夢を見ることがある。夢で良かったと思う。ここで現実に吸ってしまえば、今までの努力は何だったのだろうと思うので、そこは我慢だ。

この頃、タバコの煙の臭いに敏感になっている自分に気づく。受動喫煙だけは避けたい。

止める時、禁煙補助剤のガムを使った。一度そのガムを噛んでみたかったのも、禁煙の動機のひとつだった。

タバコを吸いたくなった時そのガムを噛み、その回数を徐々に減らしていき、噛まなくするものである。嘘のようにピタリと止められた。スムーズだった。

行動範囲

私の住んでいるこの地域は、生活する上で非常に便利である。歩いて一、二分の所にコンビニやホームセンターがあり、駅は四、五分の所にある。ファーストフード店も駅に隣接しており、クリニック（デイケアルーム）も歩いて四、五分の所にある。郵便局も一、二分の所にあり、総合病院も一〇分程の所にある。駅の向こう側には大型スーパー、温泉、図書館もでき、とても便利である。

反面、行動範囲が狭くなり運動不足になりがちである。

糖尿病患者（私）にとっては、便利さが逆にあだとなっている。

デイケアのメンバーとの会話のやりとりの中で、私はことのほか行動範囲が狭いということが分かった。

もっと範囲を広げてみようと思うのだが、自転車ではたかが知れている。

だが実践してみる価値はありそうだ。糖尿疾患であり、頑張ろうと思う。

春夏秋冬

あなたはどの季節が好きですか？

春。命芽吹く時。全てが生き生きと緑々としてくるこの季節。

春といえば桜だ。あの咲き乱れる桜や散る時の桜、桜吹雪、綺麗だ。

春を色に例えるなら〝桃色〟〝黄緑色〟のどちらかだ。

そして夏。サザン、海の家、ビキニ姿の娘、太陽、カキ氷、風鈴、全てが開放されるこの季節。青い空、白い雲、エメラルドの海。

夏を色に例えると〝だいだい色〟かなぁ。私が一番好きな季節だ。

秋。黄昏、枯れ葉、落葉、紅葉、自然の老いを感じるこの季節。色に例えるなら〝えんじ色〟。

冬。吹雪、日本海、パウダースノー、スキー、雪だるま、かまくら、雪祭り、冬ごもり、冬眠。

色に例えるなら〝白色〟〝灰色〟。

じっと寒さを耐える季節だ。

春夏秋冬、それぞれに味わい深い季節である。

都会

都会は私にとってとても住みやすい場所だ。

高層ビル群が連なる大都会、東京。

人をあまり干渉せず、放っておいてくれるところ。生き生きとした人のエネルギーを感じるところ。空間自体がデザインされているところ。何よりも自由を感じる。洗練されている。治安もよい。便利。だから都会は好き。自分に一番合っている場所だと思う。

昔から都会が好きだった。早く都心に住みたいと思ったものだ。

あのビル群を見ていると、ワクワクしてくる。

そこに山下達郎の曲が流れればピッタリ、もう最高！

例えば新宿副都心。パワーを感じる。エネルギーを……。

人の出している波動とか場が、自分には心地よく合うからだ。

特許

私は以前、生まれて初めて特許（実用新案）を特許庁宛に出願した。

〝特許出願の仕方〟の本を何冊か買い込み、その見本通りに文章を書き進め、図面も添付し、特許印紙を郵便局で買い、願書に貼り出願した。

出願件数は二件、結果から言えば二件共、既に類似したものが出願されており、登録はされたものの事実上効力はなかった。

特許印紙代も結構な額であり、今から思えば高い授業料になったと思う。

出願する前に、もっと下調べをしておくべきであった。

たいした特許ではなかったので、出願内容については、あえて差し控えたい。

ゴメンネ！

英会話

キャン・ユー・スピーク・イングリッシュ？

そう、英会話だ。当時大手だったN英会話学校に通い始めた。新宿の本校へわざわざ通った。

ワンレッスン四〇分。

先生と生徒、一対一のレッスンと、一対三（先生一人に対して生徒三人）のレッスンとを自分で選べるようになっていた。

私は全レッスンが二年間で一一〇レッスンのコースを選んだため、一対一、マンツーマンの受講を選択したが、この場合、レッスンは一回につき三レッスン分にカウントされるので、一人で受けるのはもったいなく、一対三のレッスンに切り替えた。

生徒とも友達になりたかったが、毎回時間の違うレッスンに、同じ生徒とは当然出会える訳もなく、友達はできなかった。

そうこうしているうちに二年はあっという間に過ぎ、七〇レッスン受けたところで終了となってしまった。あと四〇レッスンも残したまま、無駄にしてしまった。

が、レッスンは後々良い経験となったことは言うまでもない。

塾

私の場合、結局塾に行ったからといって、学力向上には繋がらなかった。そこで扱うテキストは、一般に市販されているものやそのコピーだった。だったらそのテキストを自分で買って勉強しても同じ事だと思った。

当時、皆が行くから自分も行くという風潮だったようで、いくつかの塾を掛け持ちで動いていたような記憶がある。塾に通うことにより、学業への不安を払拭させる為に行っていたようなものだった。

今私が思うことは、もっとその時にしかできない事を、自由に伸々と、自分の人生を使ってほしいということ。就職してしまえば、どこの大学だろうと全く関係なくなるということだ。

人生は長いよ、頑張ろう。

猫

犬派？　猫派？　昔から〝猫〟に縁があるらしく、飼っていた動物は全てネコだった。

私は幼少の頃から今まで三回位ネコを飼った。

そして、全てのネコに〝チコ〟という名前を付けていた。

遠い昔、ＴＶで〝ケンちゃんチャコちゃん〟というタイトルの番組をやっており、チャコの〝ヤ〟を抜いて〝チコ〟としたのが名前の由来である。何故チャコちゃんに焦点をあてたのかは不明である。

ネコは散歩に連れ出すこともなく、冬はコタツの中で丸くなっているだけなので、手間がかからないのも、ネコを飼い続けられた理由かもしれない。肉球、とぼけた顔、大あくび、咽をゴロゴロ鳴らしたり、手を舐め、その手で顔を拭く仕草、たまらなく好きだった。

日本

私は日本人として生まれてきて本当に良かったと思っている。色々な国があるが、日本ほど住みやすい国は他にはない。これは海外へ行った人がこぞって言うことだ。伝統、文化、技術、芸術、どれをとっても一流だ。

春になると花見を楽しんだり。

蝉の声に夏を感じたり、風鈴の音で涼やかになったり、路面に打ち水をして涼《りょう》を取ったり。

秋になると薄《すすき》、女郎花《おみなえし》、桔梗《ききょう》、坊主《ぼうず》などを飾り、月を見ながら団子を食べる。なんて風流。

外国人には絶対分からない、日本人独特の風情。

季語を入れた俳句をたしなむのも乙なもの。

ただ日本人の悪いところは、悪い部分にだけスポットをあて、改善するようマスメディアは言うが、良い所は少しも褒めないということだ。完璧主義なのだろうか。まだまだ日本の良い所はいっぱいあるはず。そこを何故伸ばさないのか。

疑問に思いつつ一言、「日本は素晴しい国です！　日本を愛しています！」

本を書く

私は本をあまり読まない。幼少の頃から本を読んだ記憶がない。新聞も取らないし読まない。情報源はもっぱらＴＶかラジオのニュースだ。それで十分足りている。

そんな私が何故本を出そうと思い立ったのか。読む側ではなく、読まれる側がいいと思ったから。また、生きてる証が欲しかったから。

でも、いざ本を書こうと原稿用紙に向かった瞬間、文字が出てこない。原稿を書くって結構大変！

とにかく考えてないで一歩踏み出してみよう。そこから何か派生してくるものだ。

例えば〝球体〟からイメージするもの〝ボール〟。これを題材に何か書けないか。

丸いボールから野球を連想。それが空《くう》を飛んだ。ホームラン！　かっ飛ばしたおかげで大きく弧を描いて夜の闇へ吸い込まれてゆく……、と書けば良い。

ひょんなことから本を書く機会に恵まれたことを感謝している。

どれだけの反響があるか想像だにできない。または、不発に終わるかもしれない。賭けだ。

自立、そして本が売れますように……。

エピローグ

最後まで読んで頂き有難うございます。

この本が多くの方々の心に届くことを願いつつ、また多くの意見、感想をお寄せいただければと思います。

クリニックの先生、デイケアのスタッフの皆さん、メンバー（患者）の皆さん、出版社の皆さん、そして読者の皆さん、これからもどうぞ宜しくお願いします。

木村しげのり

【著者プロフィール】
木村しげのり
一九六〇年、埼玉県生まれ。
中央大学理工学部電気工学科Ⅱ部卒業後、大手メーカの子会社に数社勤務するも発病し、以来クリニック（デイケア）に通院。その後、就労支援A型事業所へ復帰、現在に至る。

体験記
統合失調症は怖くない！

2018年2月15日　初版第1刷発行
2020年2月16日　　　第3刷発行

著　者　木村しげの り
発行所　ブイツーソリューション
〒466-0848 名古屋市昭和区長戸町 4-40
電話 052-799-7391　Fax 052-799-7984
発売元　星雲社（共同出版社・流通責任出版社）
〒112-0005 東京都文京区水道 1-3-30
電話 03-3868-3275　Fax 03-3868-6588
印刷所　富士リプロ
ISBN 978-4-434-24084-3